부적

부적

로베르토 볼라뇨 장편소설

김현균 옮김

AMULETO by ROBERTO BOLAÑO

Copyright (C) 1999, Roberto Bolaño
All rights reserved.
Korean translation copyright (C) 2010, The Open Books Co.
This edition is published by arrangement with Carolina López Hernández,
as representative of the literary estate of Roberto Bolaño
c/o The Wylie Agency (UK) Ltd. through Shinwon Agency Co.

COVER ARTWORK by AJUBEL (ALBERTO MORALES AJUBEL)

Copyright (C) 2010, Alberto Morales Ajubel and The Open Books Co.
All rights reserved.

이 책은 실로 꿰매는 정통적인 사철 방식으로 만들어졌습니다.
사철 방식으로 만든 책은 오랫동안 보관해도 손상되지 않습니다.

마리오 산티아고 파파스키아로[1]
(멕시코시티, 1953~1998)에게

1 Mario Santiago Papasquiaro(1953~1998). 볼라뇨와 함께 아방가르드 문학 운동인 〈인프라레알리스모 *infrarrealismo*〉를 주창한 멕시코 시인. 본명은 José Alfredo Zendejas Pineda이다.

2 Gaius Petronius Arbiter(27~66). 고대 로마의 정치가, 작가. 작품으로는 문학사상 피카레스크 소설의 원형으로 평가되는 『사티리콘』이 있다. 이 문장에서 쓰인 〈도움〉이라는 단어는 스페인어로 〈아욱실리오 Auxilio〉로, 아욱실리오는 『부적』의 주인공 이름이다. 각주 45번 참조.

처량하게도 우리는 소리쳐 도움을 청하고 싶었다.
그러나 우리를 도와주러 올 사람은 아무도 없었다.
— 페트로니우스 [2]

3 *chingada*. 〈겁탈당한 여자〉, 〈창녀〉, 〈성적으로 우롱당하고 버림받은 여자〉의 의미로 멕시코에서 가장 흔한 욕설로 쓰인다. 멕시코 시인 옥타비오 파스는 이 단어에 함축된 마치스모 사회의 폭력성을 지적한 바 있다. 여기서는 우루과이인이면서 멕시코로 이주해 살아가는 아욱실리오 라쿠투레의 운명적 삶을 암시하고 있는 듯하다.

4 로베르토 볼라뇨의 얼터 에고. 『먼 별 *Estrella distante*』에 처음 등장하였으며 대표작인 『야만스러운 탐정들 *Los detectives salvajes*』에서는 주인공 역할을 하고 있다. 아르투리토 Arturito는 아르투로 Arturo에 축소사가 붙은 형태로 애정을 담아 부르는 말이다. 뒤에 나오는 페드리토 Pedrito도 마찬가지다.

1

 이 이야기는 공포물이다. 탐정 소설, 누아르 소설, 호러 소설이 될 것이다. 그러나 그렇게 보이지 않을 것이다. 말하는 사람이 바로 나이기 때문이다. 말하는 사람이 나 자신이고, 그래서 그렇게 보이지 않을 것이다. 하지만 결국 잔혹한 범죄 이야기다.
 나는 멕시코인들의 친구다. 이렇게 선언할 수도 있겠다. 나는 멕시코 시(詩)의 어머니다. 그러나 그런 말은 하지 않는 게 낫겠다. 나는 모든 시인들을 알고 있고, 시인들 역시 모두 나를 알고 있다. 그러므로 그렇게 말할 수 있을 것이다. 다음과 같이 주장할 수도 있겠다. 나는 어머니이고 몇 세기 전부터 칭가다[3]의 미풍이 분다고. 그러나 그런 말은 하지 않는 게 낫겠다. 이를테면 이렇게 말할 수도 있겠다. 아르투리토 벨라노[4]가 열일곱 살이었을 때 그를 알았다고. 그는 수줍은 소년이었고, 극작품과 시를 썼으며, 술을 마실 줄 몰랐다고. 하지만 어떤 면에서 이는 사족이 될 것이다. 나는 사족은 불필요하며 논거만으로 충분하다고 (채찍으로,

쇠막대로 맞아 가며) 배웠다.

내가 말할 수 있는 것, 그것은 나의 이름이다.

내 이름은 아욱실리오 라쿠투레다. 몬테비데오 출신의 우루과이 여자다. 비록 취기, 낯선 취기가 얼굴에 치밀면, 차루아족[5]이라고 말하지만 말이다. 마찬가지라고들 여기지만 엄연히 다른데, 멕시코인들, 나아가 라틴 아메리카인들 모두가 헷갈려한다.

그러나 중요한 것은 어느 날 내가 멕시코에 도착했다는 사실이다. 왜 갔는지조차 모른 채. 아무 목적 없이, 어떻게 갔는지, 언제 갔는지도 모른 채.

나는 1967년에 멕시코시티에 도착했다. 어쩌면 1965년이나 1962년일 수도 있다. 이젠 날짜도 여행 경로도 기억하지 못한다. 내가 아는 거라곤 내가 멕시코에 도착했고, 다시는 그곳을 떠나지 않았다는 사실뿐이다. 자, 어디 보자. 잠시 기억을 더듬어 보자. 시간을 잡아 늘려 보자. 성형외과 수술실의 의식 없는 어떤 여자의 피부를 늘리듯 말이다. 어디 보자. 나는 멕시코에 도착했다. 레온 펠리페[6]가 아직 살아 있을 때였다. 그는 얼마나 엄청난 거구였던가. 또 얼마나 타고난 장사였던가. 레온 펠리페는 1968년에 사망했다. 나는 멕

---

5 Charrúa. 콜럼버스 이전 시대부터 우루과이에 기록상 남아 있는 거주민으로 과라니족에 의해 남쪽으로 밀려난 작은 부족이었다.

6 León Felipe(1884~1968). 27세대에 속하는 스페인 시인으로 스페인 내전 중이던 1938년 멕시코로 망명하였다.

7 Pedro Garfias(1901~1967). 27세대에 속하는 스페인 전위주의 시인으로 1940년부터 멕시코에 거주하였다.

시코에 도착했다. 페드로 가르피아스[7]가 아직 살아 있을 때였다. 그는 얼마나 훌륭하고 또 얼마나 우울한 사람이었던가. 돈 페드로가 1967년에 사망했으니 내가 1967년 이전에 멕시코에 도착한 게 분명하다. 그러니 1965년에 멕시코에 도착했다고 해두자.

분명, 나는 1965년(하지만 나는 거의 항상 착각하니까 내 착각일 수도 있다)에 멕시코에 도착해, 그 세계적인 스페인 시인들을 날마다 때마다 찾아다닌 것 같다. 여류 시인의 열정으로, 영국 간호사의, 혹은 오빠들을 위해 무진 애를 쓰는 여동생의 헌신으로. 그들도 나와 같은 방랑자들이었다. 물론 이주(移住)의 이유야 나와 사뭇 달랐다. 내 경우, 아무도 나를 몬테비데오에서 내치지 않았다. 그냥 어느 날 문득 떠날 결심을 했을 뿐이다. 그래서 나는 부에노스아이레스로 갔고, 거기서 다시 몇 달 뒤, 아니 1년 뒤던가, 여행을 계속하기로 결정했다. 이제 가야 할 곳을 알았기 때문이었다. 멕시코. 나는 레온 펠리페가 멕시코에 살고 있다는 것을 알았다. 돈 페드로 가르피아스도 거기에 살고 있다고 완전히 확신한 것은 아니었지만, 기본적으로 그렇게 짐작했던 것 같다. 나를 여행으로 내몬 것은 아마도 광기였으리라. 광기였을 수 있다. 나는 문화라고 말하곤 했다. 분명 문화는 때때로 광기이거나 광기를 포함한다. 어쩌면 사랑의 결핍이 나를 여행으로 이끌었으리라. 과도한 사랑, 흘러넘치는 사랑이었는지도 모른다. 아마도 광기였으리라.

한 가지 확실한 것은 내가 1965년에 멕시코에 도착했다는 사실이다. 나는 레온 펠리페의 집과 페드로 가르피아스의 집에 찾아가 당신들을 섬기기 위해 이곳에 왔노라고 말했다. 그들은 내게 호감을 가졌을 거다. 나는 비위를 거스르지 않으니까. 이따금 퉁명하긴 하지만 결코 비위를 거스르진 않는다. 나는 우선 빗자루를 집어 들고 집의 바닥을 쓸었고, 그다음에 창문을 닦기 시작했다. 그리고 틈날 때마다 그들에게 돈을 달라고 해서 장을 봐주었다. 그들은 아주 독특한 스페인 말투로 말하곤 했다. 그들이 항상 고수해 온 그 거친 어조, 마치 Z와 C를 가두고 S를 더없이 외떨어지고 음탕하게 만드는 듯한 어조로.[8] 아욱실리오, 이제 집 좀 그만 뒤집어 봐. 아욱실리오, 그 원고들을 그냥 내버려 둬. 먼지와 문학은 늘 잘 지내 왔잖아. 그러면 나는 그들을 바라보며 생각하곤 했다. 백번 옳은 말이야. 먼지는 항상 있는 거잖아. 문학도 그렇고 말이지. 그리고 마치 내가 뉘앙스의 탐구자인 양 경이롭고 슬픈 상황들을 상상했다. 서가에 가만히 꽂혀 있는 책들을 상상했다. 또 천천히, 끈기 있게, 끊임없이 서고로 들어오는 세상의 먼지를 상상했다. 그리고 그 순간 책들은 먼지의 손쉬운 먹잇감이라는 것을 깨달았다(깨달았지만 인정하지는 않았다). 나는 먼지 소용돌이를 보았다. 내 기억

---

8 라틴 아메리카에서는 대개 모음 e, i 앞의 C와 Z를 [S]로 발음해 S와 차이가 없으나 스페인에서는 윗니와 아랫니 사이에 혀를 가볍게 물었다가 안으로 끌어당기며 [θ]로 발음한다.

밑바닥의 팜파스에 이는 먼지구름이었다. 구름은 멕시코시티에까지 나아갔다. 대부분 인정하지 않았지만 세상 모든 사람들의 팜파스였던, 내 개인적인 팜파스에서 온 구름들. 그때는 모든 것이 흙먼지로 뒤덮여 있었다. 내가 읽었던 책들도, 내가 읽으려고 했던 책들도. 이젠 그곳에서 할 일이 전혀 없었다. 비질과 걸레질을 한들 무슨 소용이었겠는가. 먼지는 결코 떠나지 않을 것이었다. 왜냐하면 먼지는 책들과 한 몸이었고, 그곳에서 나름의 방식으로 살아가거나, 아니면 삶과 흡사한 무언가를 흉내 내고 있었기 때문이다.

내가 본 것은 그것이었다. 그것이 바로 오직 나만 느끼는 오한의 한가운데서 본 것이었다. 이윽고 나는 눈을 떴고 멕시코의 하늘이 나타났다. 난 멕시코에 있어, 라고 생각했다. 아직 오한의 꼬리가 자취를 감추지 않은 때였다. 난 여기에 있어, 라고 생각했다. 그리고 그 순간 먼지는 새카맣게 잊었다. 창문을 통해 하늘을 보았다. 멕시코시티의 불빛이 미끄러지는 벽들을 보았다. 스페인 시인들과 그들의 빛나는 책들을 보았다. 나는 그들에게 말하곤 했다. 돈 페드로, 레온(얼마나 희한한 일인가, 존경할 만한 손윗사람에게는 말을 놓고, 손아랫사람에게는 오히려 지레 겁을 먹고 경칭을 거두지 못한다는 것은!), 이 일을 하게 날 내버려 둬요. 당신들은 당신들대로 걱정 말고 잠자코 글이나 쓰세요. 저를 보이지 않는 투명 인간이라고 생각하세요. 그들이 웃었다. 아니, 레온 펠리페가 웃었다고 해야겠다.

하지만 솔직히 말해 정확히는 모른다. 그가 웃었는지, 기침을 했는지, 욕을 했는지. 그 사람은 마치 화산 같았다. 반면 돈 페드로 가르피아스는 나를 응시하다가 시선을 돌렸고(얼마나 슬픈 시선이었는지), 모르긴 몰라도, 그가 시선을 옮겨 놓은 곳은 꽃병이었거나 책이 가득한 서가였다(얼마나 우울한 시선이었는지). 나는 생각했다. 그의 시선이 머문 저 꽃병이나 책등에 저 같은 슬픔을 자아낼 만한 뭐라도 있나? 그래서 종종 나는 깊이 생각해 봤는데, 그러니까 그가 방에 없을 때나 나를 보고 있지 않을 때, 깊이 생각하거나 문제의 꽃병이나 책들을 살펴보기도 했는데, 그래서 다다른 결론(금방 뒤집힐 결론이었지만)은 바로 거기, 겉보기에 전혀 해로울 것 없는 그 물건들 속에 지옥이, 아니면, 지옥으로 가는 비밀 입구 중 하나가 숨어 있다는 것이었다.

이따금 돈 페드로는 꽃병이나 책등을 바라보고 있는 나를 놀라게 하곤 했다. 그는 뭘 봐, 아욱실리오, 라고 물었고, 그러면 나는 예? 뭐라고요?, 라고 대답했다. 차라리 모른 척하거나 딴청을 부리기도 했다. 그러나 어떤 때는 질문에서 벗어난 것 같지만 곰곰이 생각해 보면 관련이 있는 것들에 대해 묻기도 했다. 돈 페드로, 이 꽃병을 언제부터 갖고 계셨나요?, 누가 선물해 줬어요?, 당신한테 특별한 의미가 있나요?, 라고 묻곤 했다. 그러면 그는 어떻게 대답해야 할지 곤혹스러워하며 나를 쳐다보고 있었다. 아니면, 그저 꽃병일 뿐이야, 라고 말했다. 특별한 의미는 전혀 없어, 라고 말하기도 했다. 그렇다면 무슨 연유로 마치 그곳에 지옥의 문이 숨겨져 있기라도 한 듯 바라보시나요?, 라고 그에게 반문했어야 했으리라. 그러나 나는 반문하지 않았다. 나는 단지 아하, 아하, 라고 했을 뿐이다. 그건 내가 멕시코에서 보낸 첫 몇 달 동안 누군가가 나에게 전염시킨 표현이었다. 그러나 입술이 아무리 〈아하〉라고 발음해도 나의 머리는 계속 작동하고 있었다. 한번은, 그때를 떠올리면 웃음이 나는데, 페드리토 가르피아스의 서재에 혼자 있을 때였다. 그가 그토록 쓸쓸하게 바라보던 꽃병을 쳐다보기 시작하다가, 생각했다. 어쩌면 꽃이 없어서 그런 눈길로 바라보는 걸지도 몰라. 꽃이 꽂혀 있는 경우는 거의 없으니까. 나는 꽃병 가까이 다가가 다양한 각도에서 살펴보았고, 그러면서 (나는 점점 더 가까이 다가갔는데, 다가가면서 내가 그린 동선, 관찰 대상 쪽으로 움직이는 동선은 하나의 나선을 그리는 듯하기는 했다) 생각했다. 시커먼 꽃병 주둥이에 손을 넣어 봐야지. 나는 그럴 생각이었다. 그리고 나의 손이 어떻게 몸뚱이에서 떨어져 나와 위로 올려졌다가 꽃병의 시커먼 주둥이 위로 미끄러지듯 움직이고 유약을 칠한 가장자리로 다가가는지 보았다. 바로 그때 내 안에서 작은 목소리가 말했다. 이봐! 아욱실리오, 뭐 하는 거야, 미쳤어? 바로 그 말이 나를 구했다고 믿는다. 왜냐하면 그 순간 나의 팔은 동작을 멈췄고, 나의 손은, 죽은 발레리나 같은 자세로, 지옥의 입구 바로 앞에 정지해 있었기 때문이다. 그 순간 이후 나에게 무슨 일이 일어났는지 알지 못한다. 반대로, 일어날 수 있었지만 결국 일어나지 않은 일에 대해서는 알고 있다.

누구나 위험에 직면한다. 이것은 순전한 진실이다. 누구나 위험을 당하며 가장 뜻밖의 장소에서조차 운명의 장난감이 된다.

꽃병을 보았을 때 나는 울기 시작했다. 아니, 이렇게 말하는 것이 낫겠다. 나도 모르는 사이에 눈물이 솟는 바람에 팔걸이의자에 앉아야 했다. 돈 페드로가 그 방에 두었던 유일한 팔걸이의자였다. 앉지 않으면 실신할 것 같았다. 적어도 어느 순간 눈앞이 흐려지고 다리가 풀렸다는 것만은 확실히 말할 수 있다. 이제 의자에 앉자, 마치 공격을 가할 것처럼 아주 강한 진동이 느껴지기 시작했다. 그리고 최악의 경우, 나의 유일한 걱정거리는 페드리토 가르피아스가 방에 들어와 한심한 내 모습을 보지 않을까 하는 것이었다. 그러면서도 나는 동시에 꽃병에 대한 생각을 멈추지 않았다. 그곳, 방 안에, 선반 위에 놓여 있다는 걸 알면서도(내가 그렇게까지 정신이 없지는 않다) 외면하고 있던 꽃병. 선반 위에는 은두꺼비도 있었는데, 두꺼비의 살갗은 멕시코 달의 모든 광기를 빨아들인 것처럼 보였다. 이윽고 나는, 여전히 떨면서, 몸을 일으켜 다시 꽃병에 다가갔

---

9 María Carlota Amalia(1840~1927). 벨기에 출신으로 막시밀리안과 결혼해 1864년 멕시코 황후 자리에 올랐던 샤를로트의 스페인식 이름.

다. 꽃병을 집어 들어 바닥에, 바닥의 녹색 타일들에 부딪쳐 깨뜨리려는 건전한 의도에서였다고 생각한다. 이번에는 나를 두려움에 떨게 하는 대상에 나선이 아닌 직선으로 접근했다. 실은 흔들리는 직선이었지만 어쨌든 직선은 직선이었다. 꽃병이 손에 닿을 만큼 가까워졌을 때 다시 걸음을 멈추고 혼잣말을 했다. 지옥은 없을지 몰라도 그곳엔 어쨌든 악몽이 있어. 사람들이 잃어버린 모든 것들, 고통을 가져오는 모든 것들, 차라리 잊는 편이 나을 모든 것들이 있어.

그리고 나는 생각했다. 페드리토 가르피아스는 꽃병 안에 무엇이 숨겨져 있는지 알까? 시인들은 그들의 밑바닥 없는 꽃병 주둥이에 뭐가 웅크리고 있는지 알고 있을까? 그걸 알고 있다면 시인들은 왜 꽃병을 깨뜨리지 않는 걸까? 왜 그들 스스로 이 책임을 지지 않는 걸까?

그날은 다른 생각을 떠올릴 수 없었다. 나는 평소보다 더 일찍 집을 나와 내내 차풀테펙 공원을 거닐었다. 마음을 가라앉혀 주는 아름다운 곳이다. 그러나 걷고 또 걸어도, 눈앞의 경관에 아무리 감탄사를 쏟아 내도 꽃병과 페드리토 가르피아스의 서재, 그의 책들, 그리고 그의 그토록 슬픈 시선에 대한 생각을 떨칠 수 없었다. 때로는 전혀 해롭지 않은 사물들 위에, 또 때로는 가장 위험한 사물들 위에 머물곤 했던 그 시선 말이다. 그래서 막시밀리안과 카를로타[9]의 궁전 성벽이나 차풀테펙 호수 표면에 무성하게 비친 숲의 나무들이 눈앞에 펼쳐지는 동안에도, 머릿속으로는 온통 휘감을 듯 슬픈 눈빛으로 꽃병을 바라보던 스페인 시인만을 떠올리고 있었다. 그것이 나를 화나게 했다. 아니, 처음에는 나를 화나게 했다. 나는 왜 그가 이 일에 두 손을 놓고 있는지 스스로에게 물었다. 시인은 왜 두 발 앞으로 다가가서(표백하지 않은 리넨 바지 차림이었다면 무척 우아할 두세 걸음으로) 양손으로 꽃병을 움켜쥐고 바닥에 내동댕이쳐 산산조각 내는 대신, 계속 꽃병을 바라보고 있었을까. 그러나 이윽고 노여움은 사라졌고 차풀테펙 공원(마누엘 구티에레스 나헤라[10]가 쓴 대로 〈그림 같은 차풀테펙〉)의 산들바람이 코끝을 스치는 동안 나는 곰곰이 생각하기 시작했다. 그러다 문득 어쩌면 페드리토 가르피아스가 살아오는 동안 이미 꽃병들을, 신비로운 물건들을, 헤아릴 수 없이 많은 꽃병들을, 두 대륙[11]에서, 숱하게 깨뜨렸을지도 모른다는 생각이 들었다. 그러니 내 어찌 마음속으로나마 서재의 꽃병 앞에서 그가 보인 수동적인 태도를 탓할 수 있겠는가.

그렇게 생각하고 나자 심지어 나는 꽃병이 서재에 계속 남아 있는 상황을 정당화해 줄 몇 가지 이유를 찾으려 했고, 실제로 한 가지 이상의 이유가 머리에 떠올랐다. 그러나 뭣하러 그 이유들을 열거하겠는가. 열거

---

10 Manuel Gutiérrez Nájera(1859~1895). 19세기 멕시코의 시인이자 저널리스트로 라틴 아메리카의 근대 문학 운동인 모데르니스모의 선구자이다.
11 시인 페드리토 가르피아스의 출신지인 스페인과 그가 거주했던 지역인 멕시코, 두 곳을 가리킨다.

하는 게 무슨 소용 있겠는가. 한 가지 분명한 것은 꽃병이 바로 그곳에 있었다는 사실이다. 몬테비데오의 어느 열린 창문 앞이나 이젠 거의 잊혀질 만큼 오래전에 돌아가신 나의 아버지 라쿠투레 박사의 옛집 책상 위에, 이제 곧 망각의 기둥들이 쓰러져 덮칠 그 집과 책상 위에 놓여 있을 수도 있었는데 말이다.

또 마찬가지로 한 가지 분명한 사실은 내가 레온 펠리페의 집과 페드로 가르피아스의 집을 자주 드나들었으며 최선을 다해 그들을 도와주었다는 것이다. 가령, 그들의 책에서 먼지를 떨어내고 바닥을 쓸었다. 그들이 항의하면 나는 말하곤 했다. 날 가만히 놔두세요, 당신들은 글을 쓰세요, 그리고 내 관할 구역은 내가 책임지게 내버려 둬요. 그러면 레온 펠리페는 웃었고 돈 페드로는 웃지 않았다. 페드리토 가르피아스는 얼마나 우울했던가. 그는 웃지 않았다. 그는 해 질 녘의 호수 같은 눈으로 나를 쳐다보았다. 아무도 찾지 않는 산중의 호수, 더없이 슬프고 고즈넉한, 너무 고즈넉해서 이 세상 것처럼 보이지 않는 호수 같은 눈으로 나를 쳐다보며, 괜한 고생 말아, 아욱실리오, 또는 고마워, 아욱실리오, 라고 말하곤 했다. 그뿐 더 이상 아무 말도 하지 않았다. 세상에 그보다 더 완벽한 사람이 누가 있겠는가. 그보다 더 완전한 사람이 누가 있겠는가. 그는 잠자코 서서 나에게 고마움을 표했다. 그게 전부였고, 내게는 그것으로 충분했다. 나는 행복해지기 위해서 많은 것들을 필요로 하지 않기 때문이다. 그건 분명하다. 레온 펠리페는 나를 〈예쁜이〉라 불렀고, 당신은 내게 참 소중한 사람이야, 아욱실리오, 라고 말했다. 또 나에게 돈 몇 푼을 건네며 도움을 주려고 애썼지만, 그가 돈을 건넬 때면 나는 대개 소리를 높여(말 그대로), 내가 좋아서 이 일을 하는 거예요, 레온 펠리페, 순전히 억누를 수 없는 존경심에서 하는 일이라고요, 라고 말했다. 그러면 레온 펠리페는 내가 사용한 형용사에 대해 잠시 생각했고, 나는 그가 건넨 돈을 탁자 위에 올려놓고는 하던 일을 계속했다. 나는 노래를 부르곤 했다. 일을 할 때 나는 노래를 흥얼거렸다. 일을 무상으로 하든지 아니면 돈을 받고 하든지 상관없었다. 실제로, 나는 아무 보수 없는 일을 더 좋아했다고 생각한다(물론 돈을 받을 때 행복하지 않았다고 말한다면 그건 위선일 테지만 말이다). 그들의 집에서는 공짜로 일해 주는 게 더 좋았다. 그들의 집에서라면 나는 내 주머니라도 털었을 것이다. 그들의 책과 그들의 원고 사이를 자유롭게 활보하고 싶은 마음에. 그런데 내가 자주 받곤 하는(그리고 받아들이곤 하는) 것은 선물이었다. 레온 펠리페는 나에게 진흙으로 빚어 구운 작은 멕시코 인형을 선물했다. 그것들을 다 어디서 구했는지 모르겠다. 그의 집에도 별로 많지 않았는데 말이다. 그가 특별히 나를 위해서 샀다고 생각한다. 인형들은 얼

---

12 José Gaos y González Pola(1900~1969). 스페인의 철학자. 스페인 내전 후에 멕시코로 망명하였으며 1941년 멕시코 국적을 취득했다. 〈철학에 대한 철학〉의 경향을 보여 난해하기로 이름이 높다.

마나 슬픈 표정이었던지. 무척 예뻤다. 다들 앙증맞고 다들 예뻤다. 거기에는 지옥의 문도, 천국의 문도 감춰져 있지 않았다. 단지 원주민들이 만들어서 중개 상인들에게 넘기는 인형일 따름이었다. 중개 상인들은 오아하카에서 인형을 산 다음 멕시코시티의 시장이나 노점에서 훨씬 더 비싼 값에 되팔았다. 반면에, 돈 페드로 가르피아스는 나에게 주로 철학 책을 선물해 주었다. 당장 호세 가오스[12]의 책이 기억나는데, 읽으려고 집어 들었지만 마음에 들지 않았다. 호세 가오스 역시 스페인 사람이었고 마찬가지로 멕시코에서 사망했다. 불쌍한 호세 가오스. 내가 더 애를 썼어야 했다. 가오스가 언제 죽었던가? 레온 펠리페처럼 1968년에 죽었거나, 아니면 1969년이었을 것이다. 1969년이라면 심지어 슬픔 때문에 죽었을 가능성도 있다. 페드리토 가르피아스는 1967년 몬테레이에서 사망했다. 레온 펠리페는 1968년에 죽었다. 나는 레온 펠리페가 선물해 준 인형들을 하나둘씩 잃어버렸다. 지금은 분명 어느 근사한 집들의 선반이나 콜로니아 나폴리나 콜로니아 로마, 아니면 콜로니아 이포드로모-콘데사의 옥탑방 선반에 놓여 있을 것이다. 그것들은 부서지지 않은 것들이다. 부서진 것들은 틀림없이 멕시코시티의 먼지의 일부가 되었을 것이다. 페드로 가르피아스의 책들 역시 잃어버렸다. 먼저 철학 책들을 분실했고, 시집들 역시 운명적으로 잃어버렸다.

이따금 나의 책들도 나의 인형들도 어쩐지 나와 함

께하고 있다는 생각이 들 때가 있다. 하지만 그것들이 어떻게 나와 함께할 수 있을까? 하고 자문해 본다. 내 주위를 떠다니는 걸까? 내 머리 위를 떠도는 걸까? 내가 잃어버린 책들과 인형들은 멕시코시티의 공기로 변해 버렸을까? 재가 되어 이 도시를 북쪽에서 남쪽으로, 동쪽에서 서쪽으로 떠도는 걸까? 아마도 그럴 것이다. 영혼의 어두운 밤은 모든 것을 휩쓸며 멕시코시티의 거리들을 지나간다. 이젠 여기서 노랫소리가 거의 들리지 않는다. 예전엔 모든 것이 노래였건만. 먼지 구름이 모든 것을 가루로 만든다. 먼저 시인들을, 그다음엔 사랑을. 그리고 이젠 싫증이 나서 사라진 것처럼 보일 때쯤, 구름은 돌아와 당신의 도시나 당신 마음의 가장 높은 곳에 똬리를 틀고 이상야릇한 몸짓으로 움직일 생각이 없다고 말한다.

2

지금까지 밝힌 대로, 나는 레온 펠리페와 페드로 가르피아스의 집에 자주 발걸음을 했다. 게으름을 피우지도 중간에 발을 끊지도 않았고, 또 나의 시를 보여

13 멕시코의 소설가 카를로스 푸엔테스Carlos Fuentes가 1958년에 발표한 첫 소설의 제목 『La región más transparente』로 멕시코시티를 가리키며, 반어적 의미를 갖는다.
14 Universidad Nacional Autónoma de México. 1551년 스페인의 펠리페 2세에 의해 설립된 세계 최대 규모의 대학으로 흔히 약어를 사용해 우남대UNAM라 부른다.

주거나 나의 고통을 털어놓으며 그들을 괴롭히지도 않았다. 쓸모 있는 존재가 되려고 애쓴 건 맞지만, 그렇다고 다른 일들을 내팽개친 건 아니었다.

나 자신의 개인적인 삶이 있었다. 두 스페인 문학 거장의 열기를 찾는 것과 동떨어진 별도의 삶이었다. 또 다른 필요성이 존재했다. 나는 일을 했다. 아니 일을 하려고 노력했다. 나는 몸을 움직였고 절망했다. 모든 사람들이 알거나 믿거나 상상하는 대로, 멕시코시티에 살기는 쉽기 때문이다. 그러나 그건 주머니 사정이 괜찮거나 장학금을 받았거나 가족이 있을 때, 아니면 적어도 변변찮은 임시적인 일이라도 있을 때에 가능한 얘기다. 그런데 나는 아무것도 가진 게 없었다. 가장 투명한 지역[13]에 다다르기까지의 긴 여행은 내게서 많은 것들을 앗아 갔는데, 그중에는 상황에 따라 닥치는 대로 일을 하기 위해 필요한 기력도 있었다. 그래서 내가 한 것은 멕시코 국립 자치 대학교,[14] 더 구체적으로 인문대학을 빙빙 돌며, 말하자면, 자발적으로 일을 하는 것이었다. 하루는 가르시아 리스카노 교수의 강의 내용을 타자하는 것을 도왔고, 다른 날은 프랑스어과에서 프랑스어 텍스트를 번역했다. 프랑스어과에 몰리에르의 언어에 통달한 사람들은 극소수였다. 그렇다고 나의 프랑스어가 완벽하다는 건 아니지만, 학과의 사람들이 구사하는 프랑스어에 비하면 매우 양호한 편이었다. 또 다른 날은 연극패에 들러붙어 떨어지지 않았는데, 끝없이 반복되는 연습을 지켜보고 샌드위치를 찾으러 가고, 시험 삼아 스포트라이트를 조작하면서, 그리고 오직 나만 들을 수 있고 오직 나에게만 행복을 주는 나지막한 목소리로 모든 배우들의 대사를 읊조리면서 무려 여덟 시간을 보냈다. 과장이 아니다.

자주 있는 일은 아니었지만 이따금 보수가 있는 일자리를 구하기도 했다. 가령, 한 교수는 그의 조수 역할을 해주는 대가로 자신의 급여에서 돈을 지불했다. 또 학과장들이 나서서 학과나 단과 대학이 나와 계약을 맺도록 알선해 주기도 했다. 계약 기간은 보통 보름이나 한 달, 이따금씩 한 달 보름이었으며, 대부분 실체가 없는, 단발성의 불명확한 직책들이었다. 또 비서들은 학과장들이 얼마간 돈을 벌게 해줄 사소한 일거리들을 나에게 맡기도록 잘 처리해 주었다. 비서들은 얼마나 친절한 여자들이었던가. 모두들 나와 친구처럼 허물없이 지냈고, 너나없이 나에게 사랑의 고통과 희망에 대해 털어놓곤 했다. 이것은 낮 동안의 일이다. 밤에는 오히려 멕시코의 시인들과 더불어 보헤미안적

---

15 Publius Ovidius Naso(B.C. 43~A.D. 17). 고대 로마의 시인. 주로 사랑에 대한 시를 많이 썼다. 작품에 『사랑의 기교』, 『변신 이야기』, 『애가』 등이 있다.

16 Rubén Bonifaz Nuño(1923~). 멕시코의 시인, 고전주의자. 1934~1947년에 멕시코 국립 자치 대학교에서 법학을 공부하였으며 1970년 고전 문학 박사학위를 취득하였다. 1960년부터 같은 대학 인문대학에서 라틴어를 가르쳤고 오비디우스의 작품을 스페인어로 번역했다.

17 Augusto Monterroso(1921~2003). 풍자적이고 교훈적인 짧은 소설로 잘 알려진 과테말라의 작가. 정치적인 이유로 1944년 멕시코로 이주하였다.

인 삶을 살았는데, 그 무렵엔 돈이 씨가 말라 하숙비를 낼 형편도 못되었기 때문에 이러한 생활은 나에게 극도로 유쾌하고 심지어 유용하기까지 했다. 하지만 나는 대체로 수중에 돈이 있었다. 과장하고 싶지는 않다. 나는 살아갈 돈이 있었고, 멕시코 시인들은 나에게 멕시코 문학 책들을 빌려 주었다. 시인들이었으므로 처음에는 자신들의 시집을, 그리고 나중에는 꼭 필요한 고전들을 빌려 주었다. 이렇게 해서 생활비를 최소한으로 줄일 수 있었다.

때로는 일주일 내내 돈을 한 푼도 안 쓰고 지낼 수도 있었다. 행복했다. 멕시코 시인들은 관대했고 나는 행복했다. 그 무렵 나는 모든 시인들을 알기 시작했고 그들도 나를 알게 되었다. 우리는 떼려야 뗄 수 없는 사이였다. 낮 동안에 나는 인문대학에서 개미처럼, 아니 더 적절하게 표현하자면 매미처럼 지냈다. 이곳저곳을 기웃거리고 이 열람석 저 열람석을 돌아다녀 갖가지 험담, 온갖 부정(不貞)과 결별에 대해 훤히 꿰고 있었고 비극적인 사연에도 밝았다. 가령, 미겔 로페스 아스카라테 교수는 부인에게 버림받았는데, 그는 고통을 인내할 줄 몰랐다. 나는 비서들이 귀띔해 줘서 이 사실을 잘 알고 있었다. 하루는 인문대학 복도에서 걸음을 멈추고 오비디우스[15]의 시에 대해 뭔가를 놓고 논쟁하고 있는 무리에 합류했다. 그 자리에 시인 보니파스 누뇨[16]가 있었을 것이다. 또한 몬테로소[17]와 두세 명의 젊은 시인들이 있었을 수도 있다. 그곳에 로페스 아스카라테 교수가 있었던 건 분명한데, 그는 마지막까지 입을 열지 않았다(라틴 시인들에 대해서 권위를 인정받는 사람은 보니파스 누뇨가 유일했다). 그런데 우린 도대체 무엇에 대해 말했지? 무슨 얘기를 나눴지? 정확히 기억하지 못하겠다. 단지 오비디우스가 화제였고 보니파스가 끝없이 장광설을 늘어놓았다는 것을 기억할 뿐이다. 아마도 『변신 이야기』를 옮긴 어느 신참 번역가를 공격하고 있었을 것이다. 몬테로소는 미소를 지으며 말없이 고개를 끄덕였다. 젊은 시인들(어쩌면 단지 불쌍한 학생들이었을 수도 있다)도 그를 따라 고개를 끄덕였다. 나 역시 그랬다. 나는 목을 길게 빼고 그들을 뚫어지게 바라보았다. 이따금씩 학생들의 어깨 위로 감탄사를 내뱉었다. 마치 침묵에 약간의 침묵을 더 보태는 것 같았다. 그런데 그때(분명 존재하지만 내가 꿈꿀 수 없었던 어느 순간에) 로페스 아스카라테 교수가 입을 열었다. 그는 마치 공기가 부족한 것처럼, 인문대학의 그 복도가 갑자기 미지의 차원으로 진입하기라도 한 것처럼 입을 열었고, 오비디우스의 『사랑의 기교』에 대해 뭔가를 말했다. 그의 말에 보니파스 누뇨는 깜짝 놀랐고 몬테로소는 깊은 관심을 나타내는 듯했다. 젊은 시인들 혹은 학생들은 그의 말을 이해하지 못했고 나도 마찬가지였다. 이윽고 이젠 솔직히 더 이상 질식 상태를 참을 수 없다는 듯이 그의 얼굴이 붉어졌고, 몇 방울의 눈물, 많지는 않은 네댓 방울의 눈물이 그의 뺨을 타고 흘러내리다 콧수염에 걸렸다. 끝과 가운데가 희끗희끗해지기 시작한 검은 콧수염이었다. 콧수염은 마치 얼룩말 따위의 동물 같은 분위기를 풍기게 했는데, 나에게는 언제나 낯설기 짝이 없었다. 어쨌든 주머니칼이나 가위를 달라고 소리쳐 요구하는, 그곳에 있어서는 안 되는 검은 콧수염이었다. 이 콧수염으로 인해 로페스 아스카라테의 얼굴을 지나치게 오래 쳐다보면 누구나 그의 얼굴이 기형이며 얼굴의 기형(자발적인 기형) 때문에 필연적으로 끝이 좋지 않을 것임을 추호도 의심하지 않게 되었다.

일주일 뒤에 로페스 아스카라테는 나무에 목을 맸고 그 소식은 겁먹은 날렵한 짐승처럼 삽시간에 인문대학에 퍼져 나갔다. 내 귀에 들어왔을 때, 그 소식은 나를 작아지게 하고 부들부들 떨게 만들었으며, 동시에 나를 놀라게 했다. 그것은 의심의 여지없이 최악의 소식이었기 때문이다. 그러나 동시에 그것은 환상적인 소식이었다. 마치 현실이 당신의 귀에 이렇게 속삭이는 듯했다. 난 아직 대단한 일들을 할 수 있어, 얼빠진 너를, 모두를 놀라게 할 수 있어, 사랑을 위해서라면 난 아직 하늘과 땅을 움직일 수 있어.

하지만 밤이면 나는 팽창했고 다시 자랐으며, 박쥐로 변해 인문대학을 떠나 도깨비처럼(〈요정처럼〉이라고 말하고 싶지만 진실과 거리가 있을 것이다) 멕시코시티를 떠돌아다녔다. 나는 마시고 논쟁하고 문학회에 참석하였으며(모든 문학회를 알고 있었다), 비록 나중만큼은 아니지만 그때부터 이미 나를 쫓아다니던 젊은 시인들에게 조언을 해주었다. 난 모두에게 한마디씩 해줄 말을 가지고 있었다. 한마디라니! 모두에게 백 마디, 아니 천 마디씩 해줄 말이 있었다. 나에겐 그들이 하나같이 로페스 벨라르데[18]의 조카이자 살바도르 디아스 미론[19]의 증손자들처럼 보였다. 슬픔에 젖은 젊은 남자 시인들, 멕시코시티 밤의 서글픈 젊은 남자 시인들. 젊은 남자 시인들은 접힌 종잇장과 손때 묻은 책들, 그리고 지저분한 노트를 들고 도착해서는 결코 닫는 법이 없는 카페테리아나 유일하게 나만 여자이거나, 나와 때때로 릴리안 세르파스의 유령만이 여자인, 세상에서 가장 침울한 바에 앉았다(릴리안에 대해서는 나중에 얘기하겠다). 그들은 자신들의 시와 시구들, 숨 막힐 듯한 번역을 읽게 했고, 나는 모두가 건배를 외치며 기발하거나 반어적이거나 냉소적이 되려고 애처롭게 기를 쓰고 있는 테이블을 등진 채 그 종잇장들을 받아 소리 없이 읽었다. 가련한 나의 천사들. 나는 그 말들에(말의 흐름이라고 말하고 싶지만, 사실과 거리가 있다. 그곳엔 말의 흐름이 아니라 말더듬기가 있었다) 정신없이 푹 빠져들었다. 난 잠시 젊음의 광채와 비애에 무뎌진 그 말들과 홀로 있었다. 잠시 깨진 그 거울

18 Ramón López Velarde(1888~1921). 후기 모데르니스모 시기의 멕시코 시인으로 국민 시인의 반열에 오름.
19 Salvador Díaz Mirón(1853~1928). 멕시코의 시인으로 모데르니스모의 선구자. 저널리스트와 교수로도 활동했으며 포르피리오 디아스 시대에 야당 국회 의원을 역임했다.
20 축제나 파티에서 사탕, 과자 등을 담아 매달아 놓는 종이 인형으로 눈을 가린 아이들이 막대기로 쳐서 깨뜨린다.

조각들과 홀로 있었다. 그 싸구려 물건의 수은에 나의 모습을 비춰 보았다. 아니 그 안에서 나 자신을 찾고 있었다. 나를 만나고 있었다! 거기에 나 아욱실리오 라쿠투레 혹은 아욱실리오 라쿠투레의 파편들, 즉 푸른 눈, 페이지보이 스타일의 희끗희끗한 금발 머리, 여윈 길쭉한 얼굴, 그리고 주름진 이마가 있었다. 나의 자아는 나를 전율하게 했고, 나를 의문의 바다에 가라앉혔으며, 미래에 대해, 순양함의 속도로 다가오는 날들에 대해 의심하게 만들었다. 다른 한편으로는 나의 시간, 내가 선택한 시간, 나를 둘러싸고 있는, 떨리는, 변화무쌍한, 넘치는, 행복한 시간과 더불어 살고 있다는 것을 확인시켜 주었지만 말이다.

나는 그렇게 1968년에 이르렀다. 아니 1968년이 내게로 왔다. 이제 나는 그것을 예견했다고 말할 수 있다. 이제 나는 맹렬한 예감이 있었지만 그 예감이 나를 엄습하지 않았다고 말할 수 있으리라. 나는 1월 벽두부터 그것을 예견하고 직관했으며, 그것을 짐작하고 감지했다. 흥에 겨운 천진난만한 1월의 첫(처음이자 마지막) 피냐타[20]가 터진 이후로 나는 그것을 예감하고 그것을 눈치챘다. 심지어는 68년 2월 혹은 3월에 바와 공원에서 그 냄새를 맡았다고까지 말할 수 있다. 나는 68년이 정말 68년이 되기 전에, 산 일데폰소 거리에 서서 산타 카타리나 데 시에나 교회와 미친 듯이 소용돌이치는 멕시코의 석양을 바라보며 고기가 든 타코를 먹는 동안 이동 음식점에서, 그리고 서점들에서 초자연적인 야릇한 적막감을 느꼈다.

아, 그 일을 떠올리면 웃음이 나온다. 울고 싶다! 내가 울고 있나? 나는 그 모든 것을 보았고, 동시에 아무것도 보지 못했다. 내가 도대체 무슨 말을 하는지 이해가 될까? 나는 모든 시인들의 어머니이며 악몽이 나를 무너뜨리도록 허락하지 않았다(혹은 운명이 이를 허락하지 않았다). 지금 눈물이 나의 상한 뺨을 타고 흐른다. 나는 군대가 자치권을 짓밟고 사람들을 닥치는 대로 체포하거나 살상하기 위해 캠퍼스에 난입한 9월 18일에 인문대학에 있었다. 아니다. 대학에는 사망자가 많지 않았다. 틀라텔롤코[21]였다. 영원히 우리 기억 속에 각인되어 있는 그 이름! 그러나 군대와 경찰 기동대가 난입해 닥치는 대로 사람들을 구타할 때 나는 인문대학에 있었다. 도저히 믿을 수 없는 일이었다. 인문대학의 어느 층 화장실이었다. 4층이었던 것으로 생각되지만 정확히 알 수 없다. 시나 노래에서 말하듯이, 나는 스커트를 걷어 올린 채 변기에 걸터앉아 더없이 섬세한 페드로 가르피아스의 시를 읽고 있었다. 그가 죽은 지 벌써 1년이 지났을 무렵이었다. 그토록 한없이

---

[21] 멕시코 올림픽을 열흘 앞둔 1968년 10월 2일 멕시코시티에서 일어났던 민주화 시위의 현장. 멕시코의 1968년은 파리의 5월, 프라하의 봄과 같은 맥락에서 한 시대의 종언과 새로운 시대의 시작을 증거한다. 정부는 유혈 사태로 17명이 사망했다고 발표하였으나 희생자의 가족들과 인권 단체들은 군과 경찰의 무차별 총격으로 이보다 훨씬 많은 수백 명이 숨졌다고 주장해 왔다. 멕시코의 작가 엘레나 포니아토프스카는 1971년 이 투쟁과 학살의 생생한 기록인 『틀라텔롤코의 밤 *La noche de Tlatelolco*』을 펴냈다.

우울했던 스페인의, 그리고 일반적인 세상의 돈 페드로. 가증스러운 경찰 기동대가 대학에 난입한 바로 그 순간에 내가 화장실에서 그의 시를 읽고 있으리라고 어떻게 그가 상상이나 할 수 있었겠는가. 나는, 이 여담을 허락하시라, 삶이 수수께끼 같은 일들로 가득하다고, 우리가 살짝 건드리거나 잠시 눈길만 주어도, 훗날 시간의 프리즘을 통해 바라볼 때 반드시 놀람이나 공포를 불러일으킬 일련의 인과적 사실을 유발하는 사소한 사건들로 가득하다고 믿는다. 사실, 페드로 가르피아스 덕분에, 아니 그의 시 덕분에 그리고 화장실에서 책을 읽는 고질적인 악습 덕분에, 나는 경찰 기동대가 난입하고 군대가 대학의 자치권을 유린하고 나의 눈동자가 망명 상태에서 사망한 그 스페인 시인의 시구를 훑어보고 있는 동안 군인들과 경찰 기동대가 성과 나이, 혼인 여부, 또는 대학의 복잡한 위계 조직에서 획득한 (혹은 선사받은) 지위 따위를 불문하고 사람들을 닥치는 대로 체포해 몸을 수색하고 구타했다는 사실을 맨 마지막으로 알게 되었다.

내가 어떤 소리를 들었다고 가정해 보자.

영혼 속에서 어떤 소리를 들었다고!

또 나중에 소리가 계속 커져 갔고 이제 그때쯤 내가 무슨 일이 일어나고 있는지 주의를 기울였다고 가정해 보자. 나는 누군가가 옆 화장실에서 물 내리는 소리, 쾅 하고 문 닫히는 소리, 복도의 발소리, 그리고 정원에서, 초록의 바다처럼 언제나 인문대학을 비밀과 사랑의 요람 같은 섬으로 만드는 말끔히 가꿔진 잔디밭에서 올라오는 외침을 들었다. 그때 페드로 가르피아스의 시의 거품이 펑 하고 터졌고 나는 책을 덮고 변기에서 일어나 물을 내렸다. 나는 문을 열고 큰 소리로 말했다. 이봐요, 밖에 무슨 일이에요, 라고 말했지만 아무 대답이 없었다. 화장실 사용자들은 모두 사라지고 없었다. 아무도 대답하지 않을 것임을 이미 알고 있으면서도 나는 이봐요, 아무도 없어요? 라고 말했다. 나는 사람들이 공포 영화에서와 같은 느낌을 아는지 모르겠다. 얼빠진 여자들이 등장하는 공포 영화가 아니라 영리하고 용감한 여자들이 등장하거나 갑자기 홀로 남는, 갑자기 황량한 건물이나 버려진 집에 들어가 누가 있냐고 묻는(자기가 들어간 장소가 버려진 곳인지 알지 못하기 때문이다), 목소리를 높여 묻는 영리하고 용감한 여자가 적어도 한 명은 등장하는 그런 공포 영화 말이다. 사실 질문의 어조에 이미 대답이 함축되어 있었지만, 그녀는 묻는다. 왜? 그러니까 그녀는 기본적으로 예의 바른 여자이고 우리 예의 바른 여자들은 살아가면서 맞닥뜨리는 어떠한 상황에서도 그렇게 하지 않을 수 없기 때문이다. 그녀는 침착하게 그대로 있거나 어쩌면 몇 걸음 걸어가 질문을 할지도 모른다.

22 María de los Ángeles Félix Güereña(1914~2002). 멕시코의 배우. 멕시코 영화를 상징하는 인물의 하나로 국제적으로는 〈라 도냐〉, 〈마리아 보니타〉라는 별명으로 알려졌다.

23 Pedro Gregorio Armendáriz Hastings(1912~1963). 이른바 〈멕시코 영화의 황금기〉를 장식했던 배우로 할리우드와 유럽 영화에서도 폭넓게 활동함.

그러나 분명 아무도 그녀에게 대답하지 않을 것이다. 그것을 그때 그 자리에서 깨달았는지, 아니면 지금 깨달았는지 알 수 없지만 난 그 여자 같은 기분을 느꼈다. 나는 마치 거대한 빙판 위를 걷는 것처럼 몇 걸음을 내딛었다. 그다음에 손을 씻고 거울을 보았다. 껑충하고 깡마른 모습이 눈에 들어왔다. 얼굴에는 여기저기 잔주름이 눈에 띄었는데 이미 너무 많았다. 언젠가 페드로 가르피아스가 나에게 말한 것처럼, 영락없는 여자 돈키호테였다. 그러고 나서 복도로 나갔다. 그곳에서 나는 무슨 일이 있다는 것을 즉시 알아챘다. 복도는 빛바랜 크림색에 잠긴 채 텅 비어 있었고, 계단을 통해 외침이 올라왔다. 귀가 멍멍하게 울리는, 역사를 만드는 외침이었다.

그때 난 뭘 했지? 누구라도 그랬겠지만, 난 창문으로 상체를 내밀고 아래쪽을 내려다보았다. 군인들의 모습이 보였다. 또 다른 창문으로 내다보니 탱크가 보였다. 그 다음에 복도 안쪽에 있는 다른 창문으로 내다보니(나는 귀신처럼 펄쩍펄쩍 뛰어 복도를 내달렸다) 경찰 기동대와 사복 경찰 몇 명이 체포한 학생들과 교수들을 트럭에 밀어 넣고 있는 장면이 눈에 들어왔다. 마치 마리아 펠릭스[22]와 페드로 아르멘다리스[23]가 주연한 멕시코 혁명 영화와 제2차 세계 대전 영화가 뒤섞인 듯한 장면이었다. 희미하게 어둠 속으로 사라지지만 미치거나 돌연 공황으로 인한 발작이 일어날 때 일부 사람들이 본다고 하는, 인광을 발하는 작은 형상들이 등장하는 영화 말이다. 그리고 나서 나는 한 무리의 비서들을 보았는데, 그녀들 중에서 친구들 몇을 알아보았다고 생각했다(실은 비서들을 빠짐없이 모두 알아보았다고 믿었다!). 그녀들은 일렬종대로 서서 핸드백을 손에 들거나 어깨에 멘 채 옷매무새를 가다듬으며 건물을 빠져나오고 있었다. 그 다음에 나는 마찬가지로 질서 있게 건물을 빠져나오고 있는 한 무리의 교수들을 보았다. 적어도 상황이 허락하는 한 최대한 질서 있었다. 손에 책을 든 사람들이 눈에 띄었다. 서류철을 든 사람들도 보였는데, 타자한 종잇장들이 바닥에 흩어지는 바람에 몸을 웅크린 채 줍고 있었다. 질질 끌려 나오는 사람들도 보였다. 어떤 사람들은 흰 손수건으로 코를 감싼 채 인문대학 건물을 나오고 있었는데, 손수건은 순식간에 피로 검게 물들었다. 그때 나는 속으로 혼잣말을 했다. 그냥 여기 있어, 아욱실리오. 애야, 잡혀가면 안 돼. 그냥 여기 있어, 아욱실리오. 제발로 그 영화 속에 들어가진 마, 애야. 그들이 널 영화 속에 끌어들이고 싶으면 널 찾아내는 정도의 수고는 해야지.

이윽고 나는 화장실로 돌아갔다. 얼마나 신기한 일인가. 나는 화장실로 돌아갔을 뿐만 아니라 전에 앉았던 바로 그 변기로 돌아갔다. 다시 변기통 위에 앉았다는 말이다. 생리적 욕구는 전혀 없었지만(정확히 그런 상황에서는 방광이 이완된다고 하지만 나의 경우에는 전혀 그렇지 않았다) 다시 한 번 스커트를 걷어 올리고

팬티를 내린 채였다. 또 손에는 페드로 가르피아스의 책을 펼쳐 들고 있었는데, 비록 읽고 싶은 생각은 없었지만 읽기 시작했다. 처음에는 한 단어 한 단어, 한 구절 한 구절 천천히 읽었지만, 조금 지나자 독서에 가속도가 붙어 급기야는 미칠 듯한 독서가 되었다. 어떤 구절들은 거의 식별이 불가능할 정도로 빨리 지나갔고, 단어들은 서로 들러붙었다. 모르겠다. 그건 페드리토 가르피아스의 시가 거의 견뎌 낼 수 없는 자유 낙하의 독서였다(어떠한 독서도 견뎌 내는 시인들과 시들도 있지만, 대부분의 시들은 그렇지 못하다). 바로 그 순간 갑자기 복도에서 무슨 소리가 들렸다. 군화 소리였나? 징 박힌 군화 소리였을까? 나는 속으로 혼잣말을 했다. 하지만 이봐, 이건 너무 대단한 우연의 일치잖아, 안 그래? 징 박힌 군화 소리라니! 나는 혼잣말을 했다. 하지만 이봐, 날이 춥고 머리에 베레모를 쓴다면야 완벽하겠지만 말야. 그리고 그때 나는 이상 없습니다, 부사관님, 이라고 말하는 듯한 목소리를 들었다. 다른 말을 했을 수도 있다. 5초 후에 누군가가, 아마도 앞서 말을 했던 바로 그 개자식이 화장실 문을 열고 들이닥쳤다.

3

난, 가련하게도, 바람이 내려와 종이꽃들 사이로 지

나갈 때 나는 소리와 흡사한 소리를 들었다. 공기와 물의 진동 소리를 들었다. 나는 마치 애를 낳으려는 여자처럼(사실 어떻게 보면, 무언가를 낳고 또 나 자신을 낳으려 하고 있었다), 르누아르의 무용수처럼 (소리 없이) 발을 들어 올렸다. 팬티는 내가 그때 신고 있던 구두, 더없이 편한 노란색 모카신에 걸려 앙상한 발목에 수갑을 채웠다. 군인이 화장실을 한 칸 한 칸 점검하기를 기다리는 동안, 나는 필요하다면 멕시코 국립 자치 대학교 자치권의 최후 보루를 열지 않고 지키고자 정신적, 육체적으로 대비했다. 나는 가련한 우루과이 시인에 불과했지만, 어느 누구보다 멕시코를 사랑했다. 내가 기다리는 동안 특정한 침묵이, 음악 사전에도 철학 사전에도 수록되지 않은 특별한 침묵이 흘렀다. 마치 시간이 부서져 동시에 여러 방향으로 내달리는 것처럼. 말도 아니고 몸짓이나 행동으로 이뤄지지도 않은 순수한 시간이었다. 그때 나는 나 자신을 보았고, 또 무엇에 홀린 듯 거울에 자신의 모습을 비춰 보는 군인을 보았다. 우리 두 사람의 모습은 검은 마름모꼴에 끼워 맞춰져 있거나 호수에 잠겨 있었다. 딱하게도 나는 몸에 한기를 느꼈다. 왜냐하면 순간적으로 수학의 법칙이, 시의 법칙과 상반되는 전형적인 우주의 법칙이 나를 보호하고 있음을 알았기 때문이다. 군인은 넋을 잃고 거울에 비친 자신의 모습을 응시할 것이며, 나 역시 넋을 잃고, 내 특별한 은신처인 화장실에서, 그의 소리를 듣고 그를 상상할 것이다. 이 두 가지

요소는 그 순간 이후 죽음처럼 가혹한 동전의 양면을 이루고 있었다.

요약해서 말하자면, 군인과 나는 인문대학 4층 여자 화장실에 조각상처럼 계속 꼼짝 않고 있었다. 그게 전부였다. 그 후 그들이 떠나는 발소리를 들었다. 문이 닫히는 소리가 들렸고, 일으켰던 나의 두 다리는 저절로 원래의 자세로 되돌아갔다.

분만은 이미 끝났다.

나는 세 시간 가량을 그 상태로 머물러 있어야 했다.

화장실 칸에서 나왔을 때 날이 어두워지기 시작했다. 사지가 저렸다. 돌멩이가 든 것처럼 속이 더부룩했고 가슴이 아팠다. 마치 눈 위에 베일이나 거즈를 씌운 것 같았다. 귀와 머릿속에서는 꿀벌이나 말벌, 또는 땅벌의 윙윙대는 소리가 들렸다. 몸이 근질거리는 것 같았고 동시에 잠이 쏟아지는 느낌이었다. 그러나 사실은 그 어느 때보다 정신이 또렷했다. 돌발적인 상황이었다는 것은 인정하지만, 난 어떻게 처신해야 할지 알고 있었다.

나는 나의 의무가 뭔지 알고 있었다.

나는 하나밖에 없는 화장실 창문에 기어 올라가서 밖을 살펴보았다. 멀리 혼자 떨어져 있는 군인이 눈에 들어왔다. 또 탱크의 실루엣 또는 탱크의 그림자가 보였다. 그러나 나중에 곰곰이 생각해 보니, 아마도 내가 본 것은 나무의 그림자였을지도 모르겠다. 그것은 마치 라틴 문학이나 그리스 문학의 주랑 현관(柱廊玄關)

같았다. 아, 난 사포[24]부터 요르고스 세페리스[25]까지 그리스 문학을 무척 좋아한다. 나는 그날의 마지막 햇빛을 즐기려는 듯 대학 캠퍼스를 배회하는 바람을 보았다. 나는 내가 무엇을 해야 하는지 알고 있었다. 나는 알았다. 버텨야 한다는 것을 알았다. 그래서 나는 화장실 타일 바닥 위에 앉았고, 스러지는 마지막 햇살을 이용해 페드로 가르피아스의 시를 세 편 더 읽었다. 이윽고 책을 덮고 눈을 감은 채 혼잣말을 했다. 우루과이와 라틴 아메리카의 시민이며, 시인이자 여행자인 아욱실리오 라쿠투레여, 버텨라.

단지 그뿐이었다.

그때 나는 지금 과거를 회상하듯 과거를 회상하기 시작했다. 날짜들을 거슬러 올라갔다. 이론적인 절망의 공간에서 마름모꼴이 산산이 부서졌고, 호수 밑바닥에서 형상들이 솟아올랐다. 그 무엇도 어느 누구도 그것을 피할 수 없었다. 해도 달도 비치지 않는 그 볼품없는 호수로부터 형상들이 나타났다. 시간이 꿈처럼 접혔다가 펼쳐졌다. 68년은 64년, 60년 그리고 56년이 되었다. 또 70년, 73년 그리고 75년과 76년이 되었다. 마치 내가 죽어 버린 것 같았고, 유례없는 시점으로부터 지난 세월을 바라보는 것만 같았다. 나의 현재와 미래, 과거를 생각하듯 나의 과거를 생각하기 시작

---

24 Sappho(B.C. 612~?). 그리스의 시인. 소녀나 청년에 대한 애정을 읊은 서정시로 유명하다.
25 Giorgos Seferis(1900~1971). 그리스의 시인, 수필가, 외교관. 1963년에 노벨 문학상을 수상했다.

했다는 말이다. 따뜻한 하나의 알 속에 모든 것이 뒤엉킨 채 잠들어 있었다. 연기 나는 쓰레기 둥지에 낳은 거대한 알이었다. 어떤 내면의 새가(시조새였을까?) 낳은 알인지는 알 수 없다.

예컨대, 1968년 9월 당시에는 아직 멀쩡하게 다 있었는데도, 잃어버린 이빨들을 생각하기 시작했다. 잘 생각해 보면 이상하기 짝이 없는 일이다. 그러나 분명한 것은 치과에 갈 돈도 없고 갈 의욕도 시간도 없어서 그 이후 차례차례 잃게 된 넉 대의 앞니를 생각했다는 사실이다. 내 이빨을 생각하는 것은 흥미로웠다. 한편으론 여자의 치아에서 가장 중요한 이빨 넉 대가 없다는 것을 별 대수롭지 않게 여겼고, 다른 한편으론 이빨을 잃었다는 것이 내 존재의 가장 깊은 곳에 상처를 입혔기 때문이다. 그 상처는 곪았고, 필요한 동시에 불필요했으며, 불합리했다. 지금도 그 일을 생각하면 이해가 되지 않는다. 결국, 멕시코에서 다른 것들을 숱하게 잃어버렸듯이, 멕시코에서 이빨을 잃어버렸다. 이따금 친밀한 혹은 친밀을 가장한 목소리들이 이를 해넣어, 아욱실리오, 우리가 갹출해서 틀니를 사줄게, 라고 말하곤 했지만, 나는 언제나 그 빈자리가 생의 마지막까지 계속 남아 있을 것임을 알고 있었다. 선뜻 단호하게 거절하지는 못했지만 나는 친구들의 말에 크게 관심을 두지 않았다.

치아를 잃고 나서 새로운 습관이 생겼다. 그때 이후 말을 하거나 웃을 때면 손바닥으로 이 빠진 입을 가리곤 했다. 내가 알기로 이 제스처는 머지않아 몇몇 장소에서 유명세를 탔다. 비록 치아를 잃었지만, 나는 분별력과 기지, 품위에 대한 감각은 잃지 않았다. 잘 알려진 대로, 황후 조세핀[26]은 치아 뒷부분에 시커먼 커다란 충치가 있었지만 그녀의 매력은 조금도 손상되지 않았다. 그녀는 손수건이나 부채로 입을 가렸다. 불 밝혀진 지상의 멕시코시티와 지하의 멕시코시티 주민으로서 더 초라한 처지인 나는 손바닥으로 입술을 가린 채 멕시코의 긴 밤들 가운데 자유롭게 웃고 말했다. 최근에 나를 알게 된 사람들에게 나의 모습은 음모자 또는 반은 술람미 여인[27]이고 반은 흰색 박쥐인 괴상한 존재로 비쳐졌다. 그러나 나는 개의치 않았다. 저기 아욱실리오가 있어, 라고 시인들은 쑥덕거렸다. 나는 알코올 금단 섬망 증상이 있는 소설가나 자포자기한 신문 기자의 테이블에 앉아 웃고 얘기하고 속삭이며 수다를 떨었다. 우루과이 여자의 상처 입은 입을 봤어, 1968년 9월 경찰 기동대가 난입했을 때 대학에 남아 있던 유일한 사람의 벗겨진 충치를 봤어, 라고 말할 수

---

26 Joséphine de Beauharnais(1763~1814). 나폴레옹 1세의 최초의 황비(皇妃). 파리 사교계에서 미모로 이름을 날렸지만 사치스럽고 낭비가 심하며 후사가 없어 이혼당했다.

27 성서에 나오는 솔로몬의 부인. 1천 명의 부인 중 솔로몬이 진정으로 사랑한 유일한 여인으로, 솔로몬이라는 단어의 여성형에서 비롯된 이름이다.

28 살바도르 아옌데 Salvador Allende Gossens(1908~1973)는 1970년 세계 역사상 최초로 민주 선거를 통해 사회주의 정부를 수립하였으나 1973년 미국의 지원을 등에 업은 피노체트의 쿠데타로 붕괴되었다. 아옌데는 쿠데타에 맞서 끝까지 저항하다 9월 11일 대통령 궁에서 최후를 맞았다.

있는 사람은 아무도 없었다. 그들은 아욱실리오는 머리를 바싹 붙이고 입을 가린 채 음모자처럼 말해, 라고 말할 수 있었다. 아욱실리오는 상대방 눈을 쳐다보며 말해, 라고 말할 수 있었다. 또 아욱실리오는 양손에 책과 테킬라 잔을 들고 있으면서도 어떻게 늘 자연스럽고 거침없이 한 손을 입에 가져갈 수 있을까?, 그 경이로운 손동작의 비결은 어디에 있을까?, 라고 (웃으며) 말할 수 있었다. 친구들이여, 난 그 비결을 무덤까지 갖고 갈 생각이 없다(무덤에는 아무것도 가져갈 필요가 없다). 비결은 신경에 있다. 우정과 사랑의 모서리에 다가갈 때 팽팽하게 긴장되고 이완되는 신경. 날카롭게 날이 선 우정과 사랑의 모서리.

나는 인신 공양의 제단에서 이빨을 잃었다.

4

그러나 나는 아직 빠지지 않았던 치아뿐만 아니라 다른 것들 역시 생각했다. 가령, 청년 아르투로 벨라노를 생각했다. 나는 그가 열여섯이나 열일곱 살이던 1970년에 그를 처음 만났는데, 당시에 나는 이미 멕시코의 젊은 시의 어머니였고 그는 술도 마실 줄 모르는 풋내기였다. 그러나 그는 멀리 떨어진 조국 칠레에서 살바도르 아옌데가 대통령 선거에서 승리했다는 것을 자랑스러워했다.[28]

나는 그를 알게 되었다. 엔크루시하다 베라크루사나라는 바에서 있었던 시끌벅적한 시인들의 회합에서 그를 처음 만났다. 장래가 촉망되는 다양한 부류의 젊은 시인들과 그다지 젊지 않은 시인들의 무리가 모이는 지독한 족제비 굴이나 돼지우리 같은 곳이었다. 그는 장래성 있는 시인들을 통틀어 가장 젊은 시인이었다. 더욱이 불과 열일곱의 나이에 이미 소설을 쓴 유일한 존재였다. 그 소설은 훗날 소실되었거나 화마가 삼켜버렸거나, 아니면 멕시코시티를 둘러싸고 있는 거대한 어느 쓰레기장에서 최후를 맞았을 것이다. 나는 처음에는 신중하게, 그리고 나중에는 즐거운 마음으로 읽었는데 좋은 소설이어서는 아니었다. 그렇지 않았다. 나를 즐겁게 한 것은 페이지마다 엿보이는 의지의 편린들, 사춘기 시인의 감동적인 의지였다. 소설은 형편없었지만 그는 좋은 사람이었다. 그렇게 해서 나는 그와 친구가 되었다. 수많은 멕시코인들 틈에서 유일하게 우리 둘만이 남미 사람이었기 때문이라고 생각한다. 나는 그와 친구가 되었다. 나는 가까이 다가가서 한 손으로 입을 가린 채 말했고 그는 계속 나에게 눈길을 주었다. 나의 손등을 바라보았지만 무슨 연유로 입을 가리는지 묻지 않았다. 하지만 여느 사람들과 달리 그는 그 자리에서 곧바로 그 이유를 깨달았다고 믿는다. 내 말은 그가 궁극적인 이유, 즉 나로 하여금 입을 가리게 하는 마지막 자존심을 눈치챘다는 것이다. 그러나 그는 상관하지 않았다.

나이 차가 있었지만 그날 밤 나는 그와 친구가 되었다. (하나에서 열까지) 모든 면에서 달랐음에도! 몇 주 후에 나는 그에게 에즈라 파운드, 윌리엄 칼로스 윌리엄스, 그리고 T. S. 엘리엇이 누구인지 말해 주었다. 한번은 그를 집까지 바래다주었는데, 병약하고 술 취한 그를 나의 여윈 등에 들쳐 업다시피 해서 데려갔다. 나는 그의 어머니와 아버지, 그리고 더없이 상냥한 그의 여동생과 친구가 되었다. 모두들 매우 친절했다.

내가 그의 어머니에게 맨 처음 한 말은 이랬다. 부인, 아드님과 잠을 자지 않았어요. 나는 솔직하고 진지한 사람들에게는 그렇게 진솔하게 대하는 게 좋다(나의 이런 고질적인 습관 때문에 타인들에게 수없이 불쾌감을 불러일으키지만). 나는 양손을 들어 올리고 미소를 지은 다음 손을 내리며 그 말을 했다. 그러자 그녀가 엉망으로 취해 동굴 같은 자신의 방에 곯아떨어져 있던 아들 아르투리토 벨라노의 어느 노트에서 막 나온 사람처럼 나를 쳐다보았다. 이윽고 부인이 말했다. 당연히 말도 안 돼요, 아욱실리오. 그런데 나를 부인이라고 부르지 말아요. 우린 거의 같은 나이인걸요. 나는 한쪽 눈썹을 찌푸리고 더 파란 오른쪽 눈으로 그녀를 뚫어져라 쳐다보았다. 그리고 생각했다. 그래, 그녀 말이 맞아, 우린 대략 같은 나이야. 어쩌면 내가 세 살이나 두 살, 아니면 한 살 정도 더 젊었을지도 모른다. 하지만 기본적으로 우린 같은 세대였다. 유일한 차이라면 그녀는 집과 직업을 가졌고 매달 월급을 받는 반면 나는 그렇지 못하다는 것이었다. 유일한 차이라면 나는 젊은 사람들과 어울리는데 반해 아르투리토의 어머니는 또래와 어울린다는 점이었다. 유일한 차이라면 그녀는 사춘기의 자녀를 둘씩이나 두었지만 나는 하나도 갖지 못했다는 것이었다. 하지만 그 역시 상관이 없었는데, 그 무렵엔 나도, 내 나름의 방식으로, 수많은 자식들을 거느렸기 때문이다.

그렇게 해서 나는 그 가족과 친구가 되었다. 1968년에 멕시코로 이주해 온 칠레인 여행자들의 가족이었다. 나의 해였다. 한번은 아르투로의 어머니에게 그 얘기를 했다. 나는 말했다. 이봐요, 당신이 여행을 준비하고 있을 때, 나는 멕시코 국립 자치 대학교 인문대학 4층 여자 화장실에 갇혀 있었어요. 이미 알고 있어요. 그녀가 말했다. 신기하죠, 그렇죠? 내가 물었다. 그래요, 신기해요. 그녀가 말했다. 그렇게 우리는 밤이 깊도록 음악을 듣고 얘기하고 웃으며 함께 있을 수 있었다.

나는 그 가족과 친구가 되었다. 그들의 집에 초대받아 한동안 머물곤 했다. 한 번은 한 달, 다음번에는 보름, 그리고 그다음번에는 한 달 보름을 머물렀다. 당시

---

29 Remedios Varo(1908~1963). 스페인 출신의 멕시코 초현실주의 화가.

30 Leonora Carrington(1917~). 영국 태생의 멕시코 작가이자 초현실주의 화가.

31 Eunice Odio(1922~1974). 코스타리카의 시인, 저널리스트. 1948년과 1962년에 각각 과테말라 국적과 멕시코 국적을 취득했다.

32 Lilian Serpas(1905~1985). 엘살바도르의 시인, 저널리스트. 미국의 화가 카를로스 코핀과 결혼하여 세 자녀를 두었다.

에 나는 이미 하숙비나 옥탑방 사글세를 낼 돈도 없었고, 멕시코시티의 크고 작은 거리들에 부는 밤바람을 따라 도시 이곳저곳을 배회하는 것이 일상이 되어 버렸기 때문이다.

낮에는 오만 가지 일을 하며 대학에서 살았다. 그리고 밤에는 보헤미안적인 생활을 했고 여자 친구들이나 남자 친구들의 집에서 잠을 잤다. 레메디오스 바로[29]나 레오노라 캐링턴,[30] 또는 에우니세 오디오[31]나 릴리안 세르파스[32](아, 가련한 릴리안 세르파스, 그녀에 대해 말해야 한다)의 집에 옷가지며 책, 잡지, 사진 따위의 알량한 물건들을 뿔뿔이 흩어 놓았다. 물론 친구들이 넌더리를 내며 나에게 나가 달라고 요구하는 순간이 찾아왔다. 그러면 나는 떠났다. 농담을 한마디 던지고 떠났다. 나는 대수롭지 않게 여기려고 애쓰며 떠났다. 고개를 숙이고 떠났다. 그들의 뺨에 입을 맞추고 고마움을 표하며 떠났다. 일부 험담가들은 내가 떠나지 않고 버텼다고 말한다. 거짓말이다. 나는 그들의 말이 떨어지기 무섭게 군말 없이 떠났다. 아마도 언젠가 한번은 화장실에 들어박혀 눈물을 쏟았을 것이다. 일부 독설가들은 화장실은 나의 약점이라고 말한다. 그들은 크게 착각하고 있다. 화장실은 나의 악몽이었다. 비록 1968년 9월 이후 악몽은 나에게 낯설지 않지만 말이다. 누구나 모든 것에 익숙해지기 마련이다. 나는 화장실이 좋다. 나는 여자 친구들과 남자 친구들의 화장실이 좋다. 나는 누구나 그렇듯이 샤워를 하고 깨끗한 몸으로 새날을 맞는 것이 좋다. 또 잠자리에 들기 전에 샤워를 하는 것이 좋다. 아르투리토의 어머니는 나에게 말하곤 했다. 당신을 위해 놓아둔 깨끗한 타월을 써요, 아욱실리오. 그러나 나는 타월을 사용하지 않았다. 나는 그게 싫다. 나는 젖은 몸에 옷을 걸치고 내 몸의 열기로 물기를 말리기를 좋아했다. 그것은 주변 사람들에게 즐거움을 주었다. 나 역시 즐거웠다.

그러나 또한 내가 미쳐 버릴 수도 있었으리라.

5

내가 미치지 않은 건 늘 유머 감각을 유지했기 때문이다.

나는 나의 스커트, 나의 통바지, 나의 줄무늬 스타킹, 나의 흰 양말, 하루가 다르게 금발은 줄고 흰머리는 늘어나는 나의 페이지보이 헤어스타일, 멕시코시티의 밤을 탐사하는 나의 눈, 그리고 대학의 뒷공론, 부침(浮沈), 멍청한 짓, 연기(延期), 아부, 아첨, 부풀려진 명성, 멕시코시티의 전율하는 하늘 아래서 분해되었다가 다시 조립되는 흔들거리는 침대에 귀 기울이는 나의 분홍색 귀에 웃음을 터뜨렸다: 내가 훤히 알고 있던 그 하늘, 그러나 아스테카의 냄비처럼 닿을 수 없는 엉클어진 그 하늘. 나는 멕시코의 모든 시인들, 그리고 아르투리토 벨라노와 함께 살아 있다는 것을 기뻐하며 그 하늘 아래를 오갔다. 벨라노는 열일곱이나 열여덟 살이었고 내가 지켜보는 동안 성장해 갔다. 모두들 내 시선의 비호 아래서 성장해 갔다! 다시 말해, 심하게 갈라지고 심하게 절망적이어서 세상에서 가장 거대한 라틴 아메리카의 악천후, 멕시코의 악천후 속에서 모두들 성장해 갔다. 나의 시선은 그 악천후 속에서 달처럼 반짝이다 조각상들과 흠칫 놀란 얼굴들, 그림자들의 무리, 그리고 말(言)의 유토피아 말고는 아무것도 가진 게 없는 실루엣 위에 멈추었다. 게다가 그 말은 다분히 초라하기까지 했다. 정말로 초라했나? 그래, 다분히 초라했다고 인정하자.

나 자신도 나의 기억 말고는 쥐뿔도 가진 게 없었기 때문에 그들과 함께 거기에 있었다.

나는 기억할 수 있었다. 인문대학 여자 화장실에 갇혀 살고 있었다. 옴짝달싹 못하고 1968년 9월에 처박혀서 살고 있었다. 그래서 그들을 열정 없이 바라볼 수 있었다. 물론 다행히도 이따금 열정이나 사랑과 유희하곤 했다. 나의 애인들이 모두 플라토닉하진 않았기 때문이다. 나는 시인들과 잠을 잤다. 많은 수는 아니었지만 몇몇 시인들과 잠을 잤다. 외모에도 불구하고 나는 성녀가 아닌 여자였다. 분명 여러 명의 시인들과 잠을 잤다.

대부분은 하룻밤 사랑이었다. 난 술 취한 젊은이들을 외딴 방의 침대나 팔걸이의자로 끌고 갔다. 그 사이에 옆방에선 지금은 떠올리고 싶지 않은 야만적인 음악이 울리고 있었다. 다른 사랑은, 보다 드물었는데, 하룻밤을 지나고 주말을 넘겨 연장되는 불행한 사랑이었다. 이 경우 나의 역할은 애인보다는 심리 치료사에 더 가까웠다. 그러나 난 불평하지 않는다. 이빨이 빠지고 나서 이미 키스를 주고받는데 곤란을 겪고 있었다. 연인의 입에 키스를 할 수 없다면 어떤 사랑이 오래도록 유지될 수 있겠는가? 그렇다 해도 난 기꺼이 잠을 자고 사랑을 나눴다. 중요한 것은 욕구다. 사랑을 나누기 위해서는 욕구를 느껴야 한다. 기회 또한 주어져야 하지만, 무엇보다 욕구를 느껴야 한다.

이와 관련해 그 시절의 이야기가 하나 생각나는데, 이 이야기를 하는 것이 사족은 아닐 것이다. 나는 인문대학에서 한 소녀를 알게 되었다. 내가 연극에 심취해 있던 시기였다. 매력적인 여자였다. 그녀는 철학 학부 과정을 마친 상태였다. 아주 교양 있고 우아함이 넘쳤다. 나는 인문대학 극장 객석에서(공연이 거의 열리지 않는 극장이었다) 잠이 든 채, 나의 유년기와 외계인 꿈을 꾸고 있었다. 그녀는 내 옆자리에 앉아 있었다. 물론 극장은 텅 비어 있었다. 무대에서는 안쓰러운 한 무리의 배우들이 가르시아 로르카[33]의 작품을 연습하고 있었다. 어느 순간에 잠을 깼는지 모르겠다. 그때 그녀가 나에게 말했다. 너 아욱실리오 라쿠투레지, 그

---

[33] Federico García Lorca(1898~1936). 스페인의 시인, 극작가. 스페인의 전통적 서정을 문학적으로 탁월하게 형상화했으며, 내전 발발 며칠 뒤에 고향 그라나다에서 프랑코 세력에 암살당했다.

렇지? 아주 다정다감한 말투여서 난 금세 그녀에게 호감을 느꼈다. 그녀는 다소 허스키한 목소리에 그리 길지 않은 검은 머리를 뒤로 빗어 넘기고 있었다. 그 뒤에 그녀는 무언가 재밌는 얘기를 했다. 아니 재밌는 얘기를 한 사람은 바로 나였는지도 모른다. 우리는 감독이 듣지 못하게 숨죽여 웃기 시작했다. 감독은 68년에 나의 친구였지만 지금은 엉터리 연극 감독이 된 작자였다. 그도 그 사실을 알고 있었다. 이로 인해 그는 누구를 막론하고 앙심을 품게 되었다. 후에 우리는 함께 멕시코시티의 거리로 향했다.

그녀의 이름은 엘레나였다. 그녀는 나를 어느 카페로 안내했다. 나에게 할 말이 많다고 했다. 그녀는 아주 오래전부터 나와 알고 지내고 싶었다고 했다. 인문대학을 나설 때 나는 그녀가 절름발이라는 걸 알아챘다. 심하게 다리를 절지는 않았지만 분명 절름발이였다. 엘레나는 철학자였다. 폭스바겐 자동차를 가지고 있었고 나를 인수르헨테스 수르의 한 카페테리아로 데려갔다. 난 전에 한 번도 그곳에 가본 적이 없었다. 매혹적이고 아주 고급스러운 장소였지만 엘레나는 돈이 있었다. 또 결국은 내가 말을 독점하다시피 하긴 했지만 간절히 나와 얘기를 나누고 싶어 했다. 그녀는 내 말을 귀담아 들었고 웃었다. 매우 행복해 보였지만 말은 많이 하지 않았다. 헤어질 때 나는 생각했다. 나에게 할 말이 무엇이었을까? 나와 무슨 얘기를 나누고 싶었을까?

그 후로 우리는 일정한 간격을 두고 극장이나 인문대학 복도에서 마주치곤 했다. 거의 항상 캠퍼스에 어둠이 내리기 시작할 무렵인 해 질 녘이었다. 일부 사람들은 어디로 가야 할지, 또 무엇을 해야 할지 모르는 채 방황하는 시간이다. 엘레나와 마주치면 그녀는 나를 인수르헨테스 수르의 어느 레스토랑으로 데려가 마실 것이나 먹을 것을 사주었다. 한번은 코요아칸에 있는 자신의 집으로 날 초대하기도 했다. 근사한 집이었다. 아담하지만 아주 여성스럽고 지적인 분위기가 물씬 풍기는 아름다운 집이었다. 집안에는 철학과 연극 관련 서적들이 빼곡히 들어차 있었다. 엘레나는 철학과 연극은 서로 밀접하게 관련되어 있다고 여겼기 때문이다. 한번은 그녀가 나에게 그 점에 대해 얘기했다. 그러나 나는 그녀의 말을 거의 한마디도 알아듣지 못했다. 나에게 연극은 시와 관련되어 있고, 그녀에게는 철학과 관련되어 있다. 누구나 자기 나름의 생각이 있기 마련이다. 그러던 어느 날 갑자기 그녀가 더 이상 보이지 않게 되었다. 시간이 얼마나 흘렀는지 모른다. 아마도 수개월은 됐을 것이다. 물론, 나는 인문대학의 몇몇 비서들에게 엘레나에게 무슨 일이 있는지, 그녀가 아픈지 아니면 여행 중인지, 그녀에 대해 뭔가 아는 게 있는지 수소문하고 다녔다. 아무도 속 시원하게 대답을 해주지 못했다. 어느 날 오후 나는 그녀의 집을 찾아가기로 마음먹었지만 길을 잃고 말았다. 그런 일은 생전 처음이었다! 1968년 9월 이후로 나는 멕시코시티의 미로에서 단 한 번도 길을 잃은 적이 없었다! 전에는 그랬다. 전에는 길을 잃기 일쑤였다. 그리 자주 있는 일은 아니었지만 길을 잃곤 했다. 그 뒤로는 길을 잃지 않았다. 이제 나는 그곳에서 그녀의 집을 찾고 있었지만 결국 헛수고였다. 그때 나는 혼잣말을 했다. 여기선 이상한 일이 일어나, 아욱실리오, 이봐, 눈을 똑바로 뜨고 세세한 것들에 주의를 기울여, 이 이야기의 가장 중요한 대목을 놓치지 않도록 말이야. 나는 그렇게 했다. 눈을 크게 뜨고 밤 열한 시 반까지 코요아칸을 헤매고 다녔다. 길은 갈수록 오리무중이었고 점점 더 앞이 보이지 않았다. 마치 가련한 엘레나가 죽어 버렸거나 결코 존재하지 않았던 것만 같았다.

그렇게 한동안 시간이 흘렀다. 나는 진드기처럼 연극판을 쫓아다니던 일을 그만두었다. 나는 시인들에게로 돌아갔고 나의 삶은 새로운 곳으로 향했다. 왜 그랬는지 이유는 설명할 길이 없다. 한 가지 분명한 사실은 68년의 그 베테랑 감독을 돕는 일을 그만두었다는 것이다. 그의 연출이 형편없다고 생각해서가 아니라(실제로 형편없었지만) 지루했기 때문이다. 난 기분 전환을 위해 방랑할 필요가 있었다. 나의 영혼이 다른 유형의 불안을 요구하고 있었던 것이다.

그러던 어느 날 전혀 예기치 않은 순간에 엘레나를 다시 만나게 되었다. 인문대학 카페테리아에서였다. 나는 그곳에서 학생들의 아름다움에 관한 즉석 앙케트를 하고 있었다. 그런데 문득 구석 자리의 외진 테이블에 앉아 있는 그녀 모습이 눈에 들어왔다. 처음에는 평소와 똑같아 보였다. 그러나 가까이 다가갈수록, 테이블마다 걸음을 멈추고 다소 어색한 짤막한 대화를 나누어 가며 왜 그렇게 느릿느릿 다가갔는지는 모르겠는데, 뭔가 변했다는 것을 깨달았다. 물론 그 순간에는 어디가 달라졌는지 정확히 알 수 없었다. 나를 보자 그녀는 평소처럼 다정하게 인사를 건넸다. 이 점은 분명히 말할 수 있다. 그녀는…… 어떻게 말해야 할지 모르겠다. 어쩌면 말랐을지도 모른다. 그러나 실제로는 그렇지 않았다. 몸이 쇠약해졌을지도 모른다. 그러나 실제로는 그렇지 않았다. 어쩌면 말수가 줄었을 수도 있다. 그러나 말수 역시 줄지 않았다는 것을 알아채는 데는 삼 분으로 충분했다. 눈꺼풀이 부었을지도 모른다. 마치 코티존[34]을 복용하고 있는 사람처럼 얼굴 전체가 조금 부었을 수도 있다. 그러나 아니었다. 내 눈은 속일 수 없었다. 평소와 똑같은 모습이었다.

그날 나는 밤새도록 그녀와 떨어지지 않았다. 우리는 잠시 카페테리아에 있었다. 학생들과 교수들이 하나둘씩 자리를 떴고 결국에는 우리 두 사람과 청소부 여자, 그리고 카운터를 맡고 있는 매우 친절하고 한없이 쓸쓸해 보이는 중년 남자만 남게 되었다. 그 후에 우리는 자리에서 일어났다(그녀는 그 시간의 카페테리아가 음산하다고 말했다. 나는 생각을 말하지 않고 잠자코 있었지만, 지금은 내 견해를 밝히지 못할 이유가

---

[34] 부신 피질 호르몬의 일종으로 관절염 등의 치료제로 쓰임.

없다. 그 시간에 카페테리아는 계곡의 마지막 태양 빛이 새어 들어와 장려해 보였고, 낡은 동시에 장엄하며, 빈약한 동시에 자유로운 느낌을 주었다. 그곳에 마지막까지 남아 랭보의 시를 읽으라고 속삭이듯 요구하는 카페테리아. 그곳을 위해 눈물을 흘릴 만한 가치가 있는 카페테리아). 그녀의 자동차를 타고 이미 한참을 달렸을 때 그녀가 특별한 사람을 소개해 주겠다고 말했다. 특별한 사람이라고 했다. 그녀가 말했다. 아욱실리오. 네가 그를 알게 되었으면 좋겠어. 나중에 나한테 의견을 말해 줘. 그러나 그녀가 내 의견에 눈곱만큼도 관심이 없다는 걸 단박에 눈치챘다. 그녀는 또 이렇게 말했다. 그 사람을 소개해 주고 나면 넌 자리를 떠. 그와 단둘이 할 얘기가 있어. 내가 말했다. 알았어, 엘레나. 물론이지. 네가 그 사람을 소개해 주고 난 뒤에 난 자리를 뜰게. 눈치가 빠른 사람에게는 많은 말이 필요 없어. 게다가 오늘 밤엔 할 일이 있어. 할 일이 뭔데? 그녀가 물었다. 부카렐리 거리의 시인들을 만나야 해. 내가 말했다. 그때 우린 바보처럼 배꼽을 잡고 웃었고 하마터면 차를 박을 뻔했지만, 난 속으로 생각에 생각을 거듭하고 있었다. 생각을 할 때마다 엘레나가 몸이 좋지 않다는 것을 알게 되었는데 객관적으로 그렇게 보게 만드는 것이 무엇인지 정확히 집어낼 수는 없었다.

그 사이에 우리는 소나 로사의 한 가게에 도착했다. 일종의 선술집이었는데, 상호는 잊었지만 바르소비아 거리에 있는 치즈 및 와인 전문점이었다. 그런 장소에 가본 건 그때가 처음이었다. 아주 비싼 곳이었다. 사실은 느닷없이 엄청난 식욕이 동했는데, 나는 말라깽이 중의 말라깽이지만 먹는 거라면 코노 수르[35] 지역의 못 말리는 폭식가나 과식증에 걸린 에밀리 디킨슨[36]처럼 행동할 수 있기 때문이다. 더욱이 테이블 위에 믿을 수 없을 정도의 갖가지 치즈와 머리끝에서 발끝까지 온몸을 떨게 만드는 각종 와인이 차려진다면 말할 것도 없다. 내가 어떤 표정을 지었는지 모르겠지만, 엘레나는 측은해하며 가지 말고 같이 먹자고 했다. 그러나 그녀는 몰래 팔꿈치로 날 쿡 찔렀는데, 남아서 같이 먹되 식사가 끝나는 대로 곧장 물러가라는 의미였다. 나는 그곳에 남아서 그들과 함께 먹고 마셨다. 대략 열다섯 가지의 서로 다른 치즈를 맛보았고 리오하 와인을 한 병 마셨으며, 특별한 남자를 알게 되었다. 멕시코를 지나는 길인 이탈리아인이었는데, 그의 말에 따르면 이탈리아에서는 조르조 스트렐러[37]의 친구였다고 했다. 그는 나에게 호감을 느꼈다. 아니, 지금 추측하건대 그렇다. 왜냐하면 내가 처음으로 가봐야 한다고 했을 때 그는, 남아 있어요, 아욱실리오, 급한 일 있나요, 라고 말했고, 두 번째로 가봐야 한다고 했을 때는 가지 말아요, 놀라운 화술의 여인이여(그는 정확히 이렇게

---

35 남회귀선 아래, 남아메리카의 최남단 지역. 아르헨티나, 칠레, 우루과이 전역과 파라과이의 일부, 그리고 브라질 남부 일부를 포함한다.
36 Emily Dickinson(1830~1886). 19세기 미국의 여류 시인.
37 Giorgio Strehler(1921~1997). 이탈리아의 오페라 및 연극 연출가.

말했다), 아직 밤은 깊지 않았어요, 라고 말했으며, 또 세 번째로 가봐야 한다고 했을 때는 이제 그런 새치름한 표정은 그만둬요, 아욱실리오, 혹시 엘레나와 내가 화나게 했나요? 라고 말했기 때문이다. 테이블 밑에서 엘레나가 다시 팔꿈치로 쿡 찌르며 아주 고즈넉하고 퍽 울림 있는 목소리로 말했다. 그냥 있어, 아욱실리오, 나중에 네가 가야 할 장소에 데려다 줄게. 나는 치즈와 와인에 넋을 잃은 채 그들을 쳐다보며 고개를 끄덕였다. 이제 나는 어떻게 해야 할지 몰랐다. 떠나야 할지 아니면 떠나지 말아야 할지, 엘레나의 약속이 진심인지 아니면 다른 꿍꿍이가 있는지 알지 못했다. 이러지도 저러지도 못하는 곤혹스러운 상황에서 내가 할 수 있는 최선의 선택은 잠자코 남아서 두 사람의 말에 귀를 기울이는 것이라고 결론지었다. 이탈리아인의 이름은 파올로였다. 그 이름 석 자가 이미 모든 것을 말해 준다고 생각한다. 그는 투린 근처의 작은 마을에서 태어났으며, 신장이 적어도 180센티미터는 되었고 긴 밤색 머리카락을 가지고 있었다. 또한 턱수염이 무성했다. 엘레나나 다른 어떤 여자라도 그의 품에 안기면 쉽사리 눈에 띄지 않았을 것이다. 그는 현대극 연구자였지만 연극 공연을 살펴보려고 멕시코에 온 것은 전혀 아니었다. 사실, 그가 멕시코에서 한 일이라고는 피델 카스트로를 인터뷰할 목적으로 쿠바를 방문하기 위해 비자와 날짜를 기다리는 것이 전부였다. 이미 기다린 지 오래였다. 한번은 내가 왜 시간이 그렇게 오래 걸리는지 물었다. 그는 쿠바인들이 먼저 자신을 조사하고 있다고 했다. 아무나 피델 카스트로에게 접근할 수는 없었다.

그는 이미 두 차례 쿠바를 방문한 바 있고, 그의 말에 따르면 그것이 멕시코 경찰의 의심을 샀다. 엘레나가 그의 말에 맞장구를 쳤다. 그러나 나는 그의 주변에 경찰이 얼씬거리는 것을 한 번도 본 적이 없었다. 네 눈에 띈다면, 실은 형편없는 경찰일 거야. 파올로는 비밀경찰 요원들이 감시하거든. 엘레나가 말했다. 그건 명백히 나에게 유리한 점이었다. 왜냐하면 비밀경찰이 식별하기가 가장 수월하다는 것은 주지의 사실이기 때문이다. 예컨대, 교통경찰은 제복을 벗으면 노동자처럼 보일 수 있고, 심지어 일부는 노조 지도자로 보일 수도 있지만, 비밀경찰은 언제나 비밀경찰처럼 보일 뿐이다.

그날 밤 이후 우리는 친구가 되었다. 토요일과 일요일엔 셋이서 카사 델 라고로 공짜 연극을 보러 가곤 했다. 파올로는 노천극장에서 일하는 아마추어 극단을 보기를 좋아했다. 엘레나는 중간에 앉아 파올로의 팔에 머리를 기댔고, 이내 잠이 들었다. 엘레나는 아마추어 배우들을 좋아하지 않았다. 나는 엘레나의 오른쪽에 앉았고, 실은 무대 위에서 벌어지는 일에 거의 눈길을 주지 않았다. 왜냐하면 줄곧 비밀경찰 요원을 식별할 수 있는지 보려고 몰래 살피면서 시간을 보냈기 때

---

38 베링 해협을 통해 태평양을 건너 아메리카 신대륙에 처음 발을 디딘 아시아인들을 가리킨다.

문이다. 사실은 한 명이 아니라 여러 명의 비밀경찰을 찾아냈다. 엘레나에게 그 말을 했을 때 그녀는 웃음을 터뜨렸다. 그럴 리 없어, 아욱실리오. 그녀가 말했다. 그러나 나는 잘못 본 것이 아님을 알고 있었다. 나중에야 나는 진실을 깨달았다. 토요일이나 일요일이면 카사 델 라고는 말 그대로 스파이들의 소굴이었다. 그러나 모두 파올로의 뒤를 쫓는 것은 아니었다. 대다수는 그곳에서 다른 사람들을 감시하고 있었다. 그들 중 일부는 우리가 대학이나 독립 극단에서 알고 지내던 사이여서 인사를 나누었다. 나머지는 전혀 일면식도 없는 사람들이었고, 그들과 그들의 추적자들이 계속 걸어갈 여정을 상상하거나 동정할 수 있을 뿐이었다.

얼마 지나지 않아 나는 엘레나가 파올로와 깊은 사랑에 빠졌음을 눈치챘다. 그가 결국 쿠바로 떠나면 어떻게 할래? 어느 날 내가 그녀에게 물었다. 모르겠어. 그녀가 대답했다. 나는 고독한 멕시코 여자의 얼굴에서 내가 이전에 이미 보았던, 결코 좋은 결과를 가져오지 못하는 미광(微光)이나 비통함이 묻어난다고 생각했다. 사랑은 결코 좋은 결과를 낳지 못한다. 사랑은 언제나 더 나은 어떤 것을 가져온다. 그러나 당신이 여자라면, 게다가 운 나쁘게도 스페인 사람들이 발견했고 공교롭게도 길 잃은 아시아인들이 이주해 온 이 대륙에 살고 있다면 때때로 최선은 최악을 의미할 수 있다.

나는 1968년 9월 인문대학 4층 여자 화장실에 갇혀서 이런 생각을 했다. 베링 해를 건넌 아시아인들[38]을 생각했고, 아메리카의 고독을 생각했으며, 서쪽이 아닌 동쪽으로 이주했다는 흥미로운 사실을 떠올렸다. 나는 멍청한 데다 이 주제에 대해서는 문외한이지만, 이 뒤숭숭한 시대에 동쪽으로 이주하는 것은 칠흑 같은 밤으로 옮겨 가는 것과 같다는 것을 그 누구도 부정하지 못할 것이다. 나는 그런 생각을 하고 있었다. 바닥에 앉아 벽에 등을 기댄 채, 눈은 천장의 얼룩을 멍하게 바라보았다. 동쪽을 향해. 밤이 오는 곳을 향해. 그러나 나중에 생각했다. 그곳은 또한 태양이 오는 곳이기도 해. 전적으로 순례자들이 어느 시각에 길을 떠나느냐에 달려 있어. 그 순간 나는 이마를 한 번 때렸고(타격은 약했는데, 아무것도 먹지 못하고 여러 날을 보낸 터라 힘이 달렸기 때문이다) 콜로니아 로마의 쓸쓸한 거리를 걷고 있는 엘레나를 보았다. 단정한 옷차림의 엘레나가 칠흑 같은 어둠을 향해, 동쪽 방향으로, 절뚝거리며, 홀로 걸어가고 있었다. 나는 그녀를 보고 소리를 질렀다. 엘레나! 하지만 나의 입술에서는 어떤 소리도 새어 나오지 않았다.

엘레나가 내 쪽을 돌아보며 어떻게 해야 할지 모르겠다고 말했다. 아마 이탈리아로 갈 수도 있겠지. 그녀

---

39 틀라텔롤코는 1331년 테노치티틀란에 이어 아스테카 제2의 도시로 세워져 쌍둥이도시로 불렸으나 이미 그 이전부터 메소아메리카 최대의 물류 유통 센터였던 대규모 시장이었다. 아스테카인들이 에르난 코르테스에 맞서 최후까지 저항했던 역사적 장소이자 1968년 올림픽을 며칠 앞둔 10월 2일 올림픽 개최에 반대하는 학생 시위대와 군경의 유혈 충돌로 많은 사상자가 발생했던 비극의 장소이기도 하다. 각주 21번 참조.

가 말했다. 어쩌면 그가 다시 멕시코에 오기를 기다릴 수도 있겠고. 모르겠어. 그녀가 미소를 띠고 말했다. 나는 그녀가 어떻게 할지 아주 잘 알고 있으며 이미 각오가 돼 있다는 걸 알아챘다. 한편, 파올로는 잠자코 그녀의 사랑을 받아들였고 그녀가 이끄는 대로 함께 멕시코시티를 거닐었다. 이젠 우리가 얼마나 많은 곳을 함께 갔는지 기억하지 못한다. 라 비야, 코요아칸, 틀라텔롤코[39](나는 가지 않고 그와 엘레나만 갔다. 난 갈 수 없었다), 포포카테페틀 자락, 테오티우아칸을 찾았다. 어디를 가든 이탈리아인은 행복했고 엘레나 역시 행복해했다. 나도 행복했다. 나는 언제나 행복한 사람들과 함께 거니는 것을 좋아했기 때문이다.

어느 날 카사 델 라고에서 우리는 심지어 아르투리토 벨라노와 마주치기도 했다. 엘레나와 파올로에게 그를 소개했다. 나는 그들에게 그가 열여덟 살의 칠레 시인이며 시뿐만 아니라 극작품도 쓴다고 설명했다. 파올로는 아주 흥미롭군요, 라고 말했다. 엘레나는 아무 말도 하지 않았다. 그 시기에는 이미 파올로와의 관계가 그녀의 유일한 관심사인 것 같았다. 우리는 토키오 거리에 있던 엘 프린시피오 데 메히코라는 곳에(얼마 전에 문을 닫았다) 커피를 마시러 갔다. 내가 왜 그날 오후를 기억하는지 모르겠다. 1971년 또는 1972년의 그 오후를. 무엇보다 이상한 건 그날 오후를 1968년의 시점에서 기억한다는 것이다. 나의 망루로부터, 피 흘리는 나의 지하철 객차로부터, 나의 비 내리는 광막한 날로부터. 변변치 못하지만 아욱실리오 라쿠투레의 전 생애와 모든 시간을 관찰할 수 있는 시간의 배, 인문대학 4층 여자 화장실로부터.

나는 아르투로와 이탈리아인이 연극에 대해, 라틴 아메리카 연극에 대해 얘기했던 것을 기억한다. 엘레나는 카푸치노를 주문했고 오히려 침묵을 지켰다. 나는 엘 프린시피오 데 메히코의 벽과 바닥을 주시하기 시작했다. 곧바로 뭔가 이상한 점을 눈치챘기 때문이다. 나는 이런 것들을 알아채지 못하고 지나치는 법이 없다. 카페테리아의 부지를 통해 불규칙하게 간격을 두고 흐르는 소리나 바람, 혹은 한숨 같은 것이었다. 아르투로와 파올로는 연극에 대해 얘기를 나누고, 엘레나는 침묵을 지키고, 나는 이제 엘 프린시피오 데 메히코가 아니라 전 도시의 부지 아래를 파헤치고 있는 소리의 흔적을 쫓아 매순간 이리저리 고개를 돌리는 사이에 그렇게 시간이 흘러가고 있었다. 마치 나에게 수년 앞당기거나 수세기 늦게 라틴 아메리카 연극의 운명에 대해, 침묵의 이중성에 대해, 그리고 흔히 낯선 소리가 전조가 되기 십상인 집단적 재앙에 대해 경고하는 듯했다. 낯선 소리들과 구름들. 그때 파올로가 아르투로와 하던 얘기를 멈추고 그날 아침 쿠바 여행을 위한 비자가 도착했다고 말했다. 그게 전부였다. 소리들이 멎었다. 생각에 잠긴 침묵이 깨졌다. 우리는 라틴 아메리카 연극을 잊었다. 물론 엄밀히 말해 그가 선호하는 것은 라틴 아메리카 연극이 아니라 베케트와 장

주네의 연극이었다. 심지어 그 어떤 것도 신속하게 잊는 법이 없던 아르투로조차 그랬다. 우리는 쿠바에 대해 그리고 파올로가 피델 카스트로와 할 인터뷰에 대해 얘기하기 시작했다. 그리고 거기서 모든 게 끝이었다. 우리는 레포르마에서 헤어졌다. 맨 먼저 떠난 사람은 아르투로였다. 그 다음에 엘레나와 그녀의 이탈리아인이 떠났다. 나는 그 자리에 멈춰 서서 대로를 지나가는 공기를 들이마시며 그들이 멀어지는 것을 보았다. 엘레나는 평소보다 다리를 더 절고 있었다. 나는 엘레나를 생각했다. 숨을 내쉬었다. 몸이 떨렸다. 나는 그녀가 이탈리아인 옆에서 절뚝거리며 멀어지는 모습을 보았다. 그런데 갑자기 그녀 모습만 눈에 들어왔다. 이탈리아인은 사라지기 시작했고 투명해지기 시작했다. 레포르마를 걷고 있는 모든 사람들이 투명해졌다. 고통스런 나의 눈에는 오직 엘레나와 그녀의 외투, 그리고 그녀의 구두만이 존재했다. 그 순간 나는 생각했다. 견뎌, 엘레나. 그리고 또 생각했다. 그녀에게 달려가서 껴안아. 그러나 그녀는 마지막 사랑의 밤들을 보내게 될 테고 나는 그녀를 방해할 수 없었다.

그날 이후 엘레나 소식을 전혀 듣지 못한 채 많은 시간이 흘렀다. 누구도 그녀의 소식을 알지 못했다. 그녀의 한 친구는 전투에서 실종되었다고 말했다. 또 다른 친구는 푸에블라의 부모님 집으로 간 것 같다고 했다. 나는 엘레나가 멕시코시티에 있다는 것을 알고 있었다. 하루는 그녀의 집을 찾아 나섰지만 길을 잃고 말았다.

또 어떤 날은 대학에서 그녀의 주소를 입수한 뒤 택시를 타고 갔지만 아무도 문을 열어 주지 않았다. 나는 시인들과 다시 어울렸고 나의 밤 생활로 돌아갔다. 그리고 엘레나를 잊었다. 때로는 그녀 꿈을 꾸었고 그녀가 멕시코 국립 자치 대학교의 광활한 캠퍼스에서 절뚝거리는 모습을 보았다. 또 때로는 나의 4층 여자 화장실 창문으로 고개를 내밀고 그녀가 투명한 회오리바람에 휩싸인 채 인문대학 쪽으로 다가오는 것을 보았다. 어떤 때는 타일 바닥 위에서 잠든 채 층계를 올라오는 그녀의 발자국 소리를 들었다. 마치 나를 구조하러 오는 것 같았고, 너무 오래 기다리게 해서 미안하다고 말하러 오는 것 같았다. 나는 비몽사몽 중에 입을 열고 끔찍해서 내가 결코 사용하지 않는 불경한 멕시코 은어로 말했다. 치도,[40] 엘레나. 치도, 치도, 치도. 소름이 돋는다. 멕시코 은어는 마조히즘적이다. 또 때로는 사도마조히즘적이다.

6

사랑은 그렇다, 친구들이여. 거듭 말하지만 난 모든

---

40 *chido*. 〈좋았어 *great*〉에 해당하는 멕시코 스페인어 특유의 구어적 표현.

41 José Emilio Pacheco(1939~). 50세대에 속하는 멕시코의 시인, 소설가, 수필가. 멕시코 국립 자치 대학교 교수를 역임했으며, 2009년 세르반테스상을 수상했다.

시인들의 어머니였다. 사랑은 그렇다, 은어는 그렇다, 거리들은 그렇다, 소네트들은 그렇다, 새벽 다섯 시의 하늘은 그렇다. 그러나 우정은 다르다. 우정 안에서는 누구도 결코 외롭지 않다.

난 레온 펠리페와 돈 페드로 가르피아스의 친구였지만, 또한 새파랗게 젊은 시인들, 사랑과 은어의 고독한 세계에서 살고 있는 풋내기들의 친구이기도 했다.

그들 중의 하나가 아르투리토 벨라노였다.

나는 그를 만났고 나는 그의 친구였다. 비록 그는 멕시코인이 아니었고, 〈젊은 시인〉이나 〈젊은 시〉, 〈신세대〉라는 칭호는 일반적으로 파체코[41]나 과나후아토의 고명한 그리스인, 내무부에 근무하면서 멕시코 정부가 대사나 영사 자리를 주기를 기다리는 어린 뚱뚱보, 혹은 이제는 셋인지 넷인지, 아니면 다섯인지 기억하지 못하는, 네루다적인 묵시록의 카우보이들인 농민 시인들을 대체하고자 하는 멕시코 젊은이들을 지칭하기 위해서 사용되었지만, 그는 내가 총애하는 젊은 시인이었다. 아르투로 벨라노는 그들 중 가장 젊었거나 혹은 한동안 가장 젊었음에도 불구하고 멕시코인이 아니었고, 그로 인해 〈젊은 시인〉이나 〈젊은 시〉라는 칭호에 끼지 못했다. 파체코 그리고 과나후아토의 혹은 아과스칼리엔테스의 혹은 이라푸아토의 그리스인, 시간의 흐름 속에서 고분고분한 비곗덩이로 변해 버린(시인들에게 종종 일어나는 것처럼) 뚱뚱보, 그리고 하루가 다르게 관료주의(행정적이고 문학적인)에 더 잘 정착하는(사실은 애초부터 관료주의에 거처하고, 틀어박히고, 뿌리내린) 농민 시인들이 조각상처럼 풀을 뜯고 있는, 융단처럼 펼쳐진 비옥한 땅을 갈아엎는 것을 목표로 삼는, 형체는 불분명하지만 살아 있는 집단 말이다. 젊은 시인들 혹은 신세대가 꾀한 것은 땅을 뒤집어엎고 때가 도래했을 때, 유일하게 진정성을 가지고 글을 쓰는 듯하고 유일하게 공무원처럼 보이는 않는 파체코의 조각상만 빼고 그 조각상들을 모조리 파괴하는 것이었다. 그러나 결국 그들 역시 파체코에 맞섰다. 그들은 필연적으로 모두와 맞서야만 했다. 그래서 내가, 하지만 호세 에밀리오[42]는 매력적이고, 한없이 부드럽고, 매혹적이며, 게다가 진정한 신사야, 라고 말했을 때, 멕시코의 젊은 시인들(그들 사이에 아르투리토가 있었지만, 아르투리토는 그들의 일원이 아니었다)의 시선은 이 미친년이 뭔 뚱딴지 같은 소리야, 지옥 같은 인문대학 4층 여자 화장실에서 튀어나온 이 도깨비가 뭔 개소리야, 라고 말하는 듯했다. 이런 시선들 앞에서 사람들은 대개 어떻게 반박해야 할지 모른다. 물론 그들 모두의 어머니였던 나는 예외였다. 나는 결코 주눅이 들어 물러나는 법이 없었다.

42 파체코의 이름. 각주 41번 참조.
43 Rubén Darío(1867~1916). 모데르니스모를 주창한 니카라과의 시인. 모데르니스모는 프랑스 상징주의와 고답파의 영향을 받아 19세기 말에 전개된 라틴 아메리카 최초의 대륙적 문학 운동으로, 라틴 아메리카 근대 문학의 문을 연 것으로 평가된다.
44 Vicente Huidobro(1893~1948). 칠레의 시인. 창조주의 *creacionismo*라고 불린 전위주의 유파의 창시자이다.

한번은 그들에게 호세 에밀리오가 말하는 걸 들은 이야기를 해 주었다. 루벤 다리오[43]가 오십도 채우지 못하고 그렇게 젊은 나이에 죽지 않았다면, 틀림없이 우이도브로[44]는 에즈라 파운드가 W. B. 예이츠를 알게 된 것과 거의 유사한 방식으로 그를 알게 되었을 것이다. 루벤 다리오의 비서인 우이도브로를 상상해 보라. 그러나 젊은 시인들은 어렸고 영어권 시에서(그리고 실제로 전 세계의 시에서) 늙은 예이츠와 젊은 파운드의 만남이 가지는 중요성을 헤아릴 줄 몰랐다. 그래서 다리오와 우이도브로의 가상적인 만남과 있었음 직한 우정, 잃어버린 일련의 가능성이 스페인어권 시에서 가졌을 중요성 역시 깨닫지 못했다. 내 생각에 다리오가 우이도브로에게 많은 것을 가르쳐 주었겠지만, 우이도브로 역시 다리오에게 뭔가 가르침을 주었을 것이다. 사제 간의 관계는 그렇다. 제자가 배우지만 스승 역시 배운다. 내친김에 추측해 보자면, 다리오가 더 많이 배웠을 것이고 모데르니스모에 종지부를 찍고 아방가르드는 아니지만 아방가르드에 가까운 새로운 어떤 것, 예컨대, 모데르니스모와 아방가르드 사이의 섬, 오늘날 우리가 존재하지 않는 섬으로 부르는 하나의 섬, 결코 존재하지 않았고 오직 다리오와 우이도브로의 가상적인 만남 후에나 존재할 수 있었던(이미 지나친 가정이 될 수도 있겠지만) 말들을 시작할 수 있었을 것이다. 또 우이도브로 자신은 다리오와의 성공적인 만남 뒤에 한층 더 활력 있는 아방가르드, 오늘날 우리가 존재하지 않는 아방가르드로 부르는 아방가르드, 존재했다면 우리를 달라지게 하고 우리의 삶을 변화시켰을 아방가르드를 표방할 수 있었을 것이라고 믿는다. 파체코 역시 그렇게 믿었다(바로 이러한 천진한 열정에 호세 에밀리오의 위대함이 있다). 멕시코의 젊은 시인들이 호세 에밀리오에 대해 험담할 때 나는 그들에게 (그리고 아르투리토 벨라노에게) 그렇게 말하곤 했다. 그러나 그들은 내 말을 귀담아듣지 않았거나 단지 이야기의 일화적 부분, 즉 다리오와 우이도브로의 여행, 병원 체류, 라틴 아메리카의 수많은 것들이 때 이르게 스러지듯 그렇게 요절할 운명을 타고나지 않은 남다른 건강 따위만을 가려들었다.

그래서 나는 침묵을 지켰고 그들은 멕시코 시인들에 대해 계속 (험담을) 늘어놓으며 묵사발을 만들었다. 나는 다리오나 우이도브로 같은 죽은 시인들 그리고 결코 실현되지 않은 만남들을 생각했다. 사실 우리 역사는 결코 실현되지 않은 만남들로 가득하다. 우리는 우리의 파운드도 우리의 예이츠도 갖지 못했다. 우리는 우이도브로와 다리오를 가졌다. 우리는 우리가 가진 것을 가졌을 뿐이다.

심지어 나를 제외한 모두의 목을 옭아맬 끈을 잡아늘이다 보면 어떤 밤에는 나의 친구들이 한순간 결코 존재하지 않았던 시인들, 다섯 살이나 열 살에 죽은 라틴 아메리카 시인들, 생후 몇 달 만에 죽은 시인들의 화신처럼 보였다. 이런 환영(幻影) 연습은 힘겨울 뿐더러 부질없거나 부질없어 보였지만, 짙은 보랏빛 밤들에 나는 그들의 얼굴에서 자라지 못한 갓난아이들의 앳된 얼굴을 보았다. 나는 라틴 아메리카에서 구두 상자나 하얗게 칠한 작은 목관에 매장하는 어린 천사들을 보았다. 나는 이따금씩, 이 아이들은 우리의 희망이야, 라고 혼잣말을 하곤 했다. 그러나 또 어떤 때는 이렇게 생각하기도 했다. 무슨 희망이 있겠어. 호세 에밀리오에 대해 험담밖에 할 줄 모르는 이 술 취한 젊은이들이, 시의 기교가 아니라 접대의 기술에 숙달된 주정뱅이 젊은이들이 어떻게 부푼 희망이 되겠어.

이윽고 멕시코의 젊은 시인들이 깊으면서도 어쩔 수 없이 앳된 목소리로 시를 낭송하기 시작했다. 그들이 낭송한 시들은 바람과 함께 멕시코시티의 거리로 사라졌고 나는 울기 시작했다. 그들이 말했다. 아욱실리오가 취했어. 멍청이들아, 내가 취하려면 알코올이 한참 부족해. 그들이 말했다. 아무개한테 차여서 울고 있어. 나는 그들이 마음대로 지껄이게 내버려 두었다. 또 그들과 다투거나 그들에게 욕설을 퍼붓기도 했다. 아니면 의자에서 일어나 계산을 하지 않고 자리를 떴다. 나는 결코, 아니 거의 항상 돈을 내는 법이 없었다. 나는 과거를 보는 사람이었고 과거를 보는 사람은 결코 돈을 지불하지 않는다. 나는 또한 미래를 간파했고 그런 통찰력에 사람들은 높은 값을 지불한다. 때로는 목숨을 내놓거나 제정신을 잃기도 한다. 그러므로 아무도 눈치채지 못했지만 그 잊혀진 밤들에 나는 모두를 위해, 시인이 될 사람들과 결코 시인이 되지 못할 사람들을 위해 여러 순배의 술값을 지불하고 있었다고 생각한다.

나는 자리를 떴는데, 내가 술값을 지불하지 않은 것처럼 보였다. 나는 건물 유리창을 깨뜨리며 뜨거운 공기가 발산하듯 멕시코시티의 거리들을 지나가는 과거의 회오리바람을 보았고, 그래서 돈을 지불하지 않았다. 그러나 나 역시 4층 여자 화장실의 파괴된 동굴에서 미래를 보았고 목숨으로 이에 대한 대가를 지불하고 있었다. 따라서 자리를 뜰 때 나는 값을 치르고 있었다. 아무도 눈치채지 못했지만! 나는 내 술값을 치르고 있었고 멕시코 젊은 시인들의 술값과 그날 밤 바에 같이 있었던 익명의 알코올 의존자들의 술값을 치르고 있었다. 나는 눈물을 글썽인 채, 달아나는 나의 그림자를 뒤쫓아 비틀거리며, 홀로, 멕시코의 거리를 걸어갔다. 아마도 지구상에 마지막 남은 우루과이 여자가 느낄 법한 감정을 느꼈다. 물론 나는 최후의 우루과이 여자가 아니었다(얼마나 주제넘은지). 또 내가 걷고 있는, 무수한 달빛이 쏟아지는 분화구는 지구의 분화구가 아니라 멕시코의 분화구였다. 두 분화구는 같아 보이지만 같지 않다.

한번은 누군가가 나를 뒤쫓고 있다는 느낌을 받았다. 어디였는지 모르겠다. 라 비야 교외의 어느 바였을 수도 있고, 아니면 콜로니아 게레로의 싸구려 술집이었을 수도 있다. 기억나지 않는다. 기억하는 건 단지 나를 뒤따라오는 발소리에 크게 개의치 않고 잡석들을 헤치며 계속 걸어갔다는 것뿐이다. 그런데 갑자기 밤의 태양이 꺼졌고 나는 울음을 그치고 한기를 느끼며 현실로 돌아왔다. 뒤따라오던 사람이 탐하는 것은 나의 죽음이나 나의 목숨, 또는 종종 적대적인 우리의 혀처럼 가증스러운 현실을 적시는 나의 눈물이라는 것을 깨달았다. 그 순간 나는 걸음을 멈추고 기다렸다. 나를 뒤따르던 발자국도 걸음을 멈추고 기다렸다. 나는 소리를 지르며 달려가 팔을 잡고 지하철역까지 동행해 달라거나 택시를 잡을 때까지 같이 있어 달라고 부탁할 지인이나 낯선 누군가를 찾으며 거리를 둘러보았다. 그러나 아무도 보이지 않았다. 어쩌면 그렇지 않았을지도 모른다. 무언가를 보았다. 나는 눈을 감았다가 떴다. 4층 여자 화장실의 흰색 타일 벽이 보였다. 그러고 나서 다시 눈을 감았다. 더없이 세심하게 인문대학 주변 캠퍼스를 휩쓰는 바람 소리가 들렸다. 나는 생각했다. 역사는 짧은 공포물 같다고. 눈을 떴을 때 그림자 하나가 십 미터 가량 떨어진 같은 보도 위의 벽에서 떨어져 나와 내가 있는 곳으로 다가오기 시작했다. 나는 핸드백, 아니 오아하카산(産) 손가방에 손을 집어넣어 주머니칼을 찾았다. 나는 도시에서 당할 수 있는 불의의 사고에 대비해 항상 몸에 칼을 지니고 다녔다. 그러나 타는 듯한 내 손가락 끝에는 종잇장과 책, 잡지들만 만져졌다. 심지어는 깨끗한 속옷(악몽처럼 어느 곳에나 존재하는 그 4층 세면대에서 비누 없이 물과 순수한 의지만으로 손빨래한)까지도 만져졌다. 그러나 칼은 만져지지 않았다. 아아, 친구들이여, 되풀이해 발생하는 지극히 라틴 아메리카적인 또 다른 공포가 엄습했다. 무기를 찾아내지 못하는 공포, 무기를 놓아둔 곳을 알면서도 찾지 못하는 공포가.

그것이 우리의 운명이다.

그것이 나의 운명일 수도 있었다. 그러나 나의 죽음을 바라던, 죽음까지는 아니더라도 적어도 나의 고통과 나의 굴욕을 바라던 그림자가 내가 숨어 있던 현관 쪽으로 접근하기 시작했을 때, 그때까지 걸었던 모든 공포의 거리의 축도(縮圖)가 될 수도 있었던 그 거리에 다른 그림자들이 나타나 나를 불렀다. 아욱실리오, 아욱실리오, 소코로, 암파로, 카리다드, 레메디오스 라쿠투레,[45] 대체 어디에 갔었어? 나를 부르는 그 목소리들 가운데서 나는 우울하고 영리한 훌리안 고메스의 목소리를 알아들었다. 더 쾌활한 다른 목소리는 늘 그렇듯이 싸울 태세가 되어 있는 아르투리토 벨라노의 목소리였다. 그때 나의 고통을 찾던 그림자가 걸음을 멈추고 뒤를 돌아보더니 계속 걸어와 내 옆을 지나쳤다. 지옥에서 올라온 평범한 보통 멕시코 사람이었다. 그와 함께 기하학적 불안정을 불러내고, 황야와 정신 분열증, 푸줏간을 떠올리게 하는 따뜻하고 약간 축축한 공기가 지나갔다. 그 빌어먹을 잡놈은 나에게 눈길조차

---

[45] 아욱실리오Auxilio는 스페인어로 〈도움〉, 〈원조〉를 의미하며 소코로Socorro, 암파로Amparo, 카리다드Caridad, 레메디오스Remedios도 이와 유사한 뜻을 갖고 있다. 이 이름들은 〈멕시코 시의 어머니〉로서의 주인공의 덕목을 암시하고 있다.

주지 않았다.

그 후에 우리 셋은 함께 시내로 향했다. 홀리안 고메스와 아르투리토 벨라노는 계속 시에 대해 얘기를 나누었다. 엔크루시하다 베라크루사나에서 우리 일행에 두세 명의 시인들이 더 합류했다. 어쩌면 단지 신문기자들과 미래의 대학 예비 학교 교사들이었는지도 모른다. 모두들 시에 대해서, 새로운 시에 대해서 계속 대화를 나누었지만 나는 내 옆을 지나쳤던 그림자에 동요되어 말을 하지 않았다. 나는 그 그림자에 대해 일언반구도 하지 않았다. 나는 대화가 논쟁으로 변질되고 논쟁이 고함과 욕설로 바뀌어도 알아채지 못했다. 이윽고 우리는 바에서 쫓겨났다. 그러고 나서 우리는 새벽 다섯 시 멕시코시티의 텅 빈 거리를 걷기 시작했고 하나둘 각자 자신들의 집으로 뿔뿔이 흩어져 갔다. 그 무렵 타바스코 거리의 콜로니아 로마 노르테에 옥탑방을 가지고 있던 나 역시 마찬가지였다. 아르투리토 벨라노는 베르사예스 거리의 콜로니아 후아레스에 살고 있었다. 물론 도로 안내서에 따르면, 그는 정확히 베르사예스와 베를린이 교차하는 모퉁이에 살고 있었기 때문에 서쪽으로 꺾어져 글로리에타 데 인수르헨테스나 소나 로사 방향으로 가야 했고 나는 남쪽 방향으로 계속 걸어가야 했다. 그러나 우린 함께 걸었다. 아르투리토 벨라노는 길을 약간 벗어나서 나와 같이 걷고 싶어 했다.

사실 그 밤 시간에 두 사람 다 말수가 많지 않았다.

간간이 엔크루시하다 베라크루사나에서 있었던 다툼에 대해 얘기하긴 했지만, 새벽이 되면서 맑아지기라도 한 것처럼 줄곧 멕시코시티의 공기를 호흡하며 걸었을 뿐이다. 그러다 뜬금없이 아르투리토가 태연한 목소리로 라 비야의 술집에서 내 걱정을 했다고 말했다(라 비야는 그런 곳이었다). 그때 내가 이유가 뭐냐고 물었고 그는, 나의 어린 천사는 자기도 봤다고, 내 그림자 뒤를 쫓는 그림자를 봤다고 말했다. 나는 아주 침착하게 그를 바라보았다. 나는 한 손으로 입을 가리고 말했다. 죽음의 그림자였어. 그때 그는 웃었다. 죽음의 그림자의 존재를 믿지 않았기 때문이다. 그러나 믿을 수 없다는 듯한 웃음이었지만 결코 나를 불쾌하게 하진 않았다. 그의 웃음은 마치 무슨 일이야, 아욱실리오, 그 그림자는 재수 없어, 라고 말하는 듯했다. 나는 다시 손으로 입을 가리고 걸음을 멈추며 말했다. 훌리안과 네가 없었다면 난 지금 죽은 몸일 거야. 아르투리토는 내 말을 유심히 듣고 나서 걷기 시작했다. 나는 그의 옆에서 걷기 시작했다. 그렇게 우리도 모르는 사이에 걸음을 멈추고 이야기를 나누거나 말없이 걸으며 내가 살고 있던 건물의 현관 앞에 이르렀다. 그리고 그것으로 끝이었다.

세월이 지나 1973년에 그는 혁명에 동참하기 위해 조국으로 돌아가기로 했고, 그의 가족을 제외하면 버스 터미널까지 배웅을 나간 사람은 내가 유일했다. 아르투리토 벨라노는 그렇게 육로로 떠났다. 위험천만한

기나긴 여행길이었다. 라틴 아메리카의 모든 가난한 아이들처럼 우리가 잘못 이해하거나 전혀 이해하지 못하는 이 부조리한 대륙을 일주하는 처녀 여행이었다. 아르투리토가 손을 흔들어 작별 인사를 하려고 차창에 모습을 나타냈을 때, 그의 어머니도 울었고 나도 울었다. 설명할 수 없는 일이었다. 두 눈에 눈물이 가득 고였다. 마치 그 아이가 나의 아들이라도 되는 것처럼. 그를 두 번 다시 보지 못할 것만 같았다.

그날 밤 나는 그의 가족의 집에서 잤다. 무엇보다 그의 엄마의 말동무를 해주기 위해서였다. 내가 평소에 정확히 여자들 문제를 화제로 삼는 편은 아니지만 그날은 밤늦도록 그런 문제에 대해 얘기를 나누었던 것을 기억한다. 우리는 성장해서 넓은 세상에서 놀기 위해 집을 떠나는 자녀들에 대해 얘기했고, 부모와 떨어져 미지의 것을 찾아 넓은 세상으로 나가는 자녀들의 인생에 대해 얘기했다. 또 넓은 세상 그 자체에 대해 이야기를 나눴다(사실 우리 어른들에게 세상은 그리 넓지 않다). 그러고 나서 아르투로의 어머니가 타로를 뽑아 읽어 주며 내 인생이 바뀔 것이라고 말해 주었다. 내가 말했다. 잘됐네요. 그런데 바로 지금 이 순간에 변화가 찾아왔으면 좋겠어요. 그다음에 내가 커피를 준비했다. 몇 시나 됐는지 모르지만 아주 늦은 시각이었다. 내색은 하지 않았지만 틀림없이 두 사람 모두 피곤했을 것이다. 거실로 돌아갔을 때 나는 혼자서 거실의 앉은뱅이 탁자 위에 카드를 늘어놓고 있는 아르투로의 어머니와 마주쳤다. 나는 아무 말도 하지 않고 잠시 그녀를 지켜보고 있었다. 그녀는 정신을 집중하는 표정으로(물론 집중력 이면에서 약간의 당혹감이 엿보이긴 했지만) 소파에 앉아 있었고, 그사이에 그녀의 작은 손은 마치 몸에서 분리된 것처럼 카드를 다뤘다. 나는 그녀가 카드로 자신의 운을 점치고 있다는 것을 금세 알아챘다. 그녀가 카드에서 본 것은 끔찍했지만, 그건 중요치 않았다. 중요한 것은 좀 더 파악하기 어려운 어떤 것이었다. 중요한 것은 그녀가 혼자서 나를 기다리고 있었고 두려워하지 않았다는 사실이었다.

그날 밤 내가 평소보다 더 눈치가 빨라 그녀를 위로할 수 있었다면 좋았을 것이다. 그러나 내가 할 수 있는 것이라곤 그녀에게 커피를 가져다주고 모든 일이 잘 풀릴 테니 걱정 말라고 얘기하는 게 고작이었다.

이튿날 아침 나는 떠났다. 그 무렵엔 인문대학과 평소에 드나들던 바나 카페테리아, 레스토랑 말고는 따로 갈 곳도 없었지만 어쨌든 떠났다. 나는 너무 오래 머물러 폐를 끼치는 게 싫다.

7

1974년 1월, 아르투로가 멕시코로 돌아왔을 때, 그는 달라졌다. 아옌데 정부는 붕괴되었고 그는 자신의 의무를 다했다. 그의 여동생이 나에게 그렇게 말했다.

아르투리토는 의무를 다했다고. 그의 양심, 라틴 아메리카 청년으로서의 가혹한 양심은 이론적으로 전혀 비난받을 이유가 없었다.

아르투로가 돌아왔을 때 그는 나를 제외하고는 옛 친구들에게 이미 낯선 존재였다. 내 경우 그의 소식을 알아내려고 쉼 없이 그의 집에 모습을 드러냈기 때문이다. 나는 언제나 그곳에 있었다. 은밀하게. 이젠 그의 집에 묵지 않았고, 단지 들러 갔을 뿐이다. 그의 어머니나 여동생과(그의 아버지는 나를 싫어해서 얘기를 나누지 않았다) 잠시 대화를 나누고 나서 집을 나왔고 월말까지는 다시 발걸음을 하지 않았다. 그래서 나는 과테말라, 엘살바도르(이곳에서 그는 그의 친구이자 나의 친구이기도 했던 마누엘 소르토의 집에 한동안 머물렀다), 니카라과, 코스타리카, 파나마에서 그가 겪은 모험에 대해 알고 있었다. 파나마에서는 국경을 넘다가 한 파나마 흑인과 싸우기도 했다. 아, 그 편지를 읽고 나서 그의 여동생과 얼마나 배꼽을 잡고 웃었던지! 아르투로에 따르면, 흑인은 190센티미터의 키에 체중은 100킬로그램이나 나갔지만 그는 176센티미터의 키에 65킬로그램을 넘지 않았다고 한다. 그 후 그는 크리스토발에서 배를 탔고, 그 배는 태평양을 따라 그를 콜롬비아, 에콰도르, 페루 그리고 마지막으로 칠레까지 실어다 주었다.

나는 쿠데타 후에 멕시코에서 있었던 첫 시위 현장에서 우연히 그의 여동생과 어머니를 만났다. 당시 그녀들은 아르투로에 대해 아무것도 알지 못했고 우리는 모두 최악의 상황을 우려하고 있었다. 그날의 시위를 기억한다. 아옌데 정부의 붕괴로 인해 라틴 아메리카에서 일어난 최초의 시위일 수도 있다. 그곳에서 나는 68년부터 알고 지내던 얼굴들과 인문대학의 빼놓을 수 없는 몇몇 명물들을 보았고, 무엇보다 관대한 멕시코의 젊은이들을 보았다. 그러나 그 외에 다른 것도 보았다. 거울을 보았고 거울 속에 머리를 집어넣었다. 황량한 거대한 계곡을 보았고 계곡의 모습에 두 눈 가득 눈물이 고였다. 다른 이유도 있었겠지만 그 시기에는 아주 사소한 문제로도 눈물이 마를 날이 없었기 때문이다. 그러나 내가 본 계곡은 사소한 문제가 아니었다. 행복의 계곡이었는지, 아니면 불행의 계곡이었는지 모르겠다. 그러나 그 계곡을 보았고, 그 순간 여자 화장실에 갇혀 있는 나 자신의 모습을 보았다. 그리고 그곳 화장실에서 나는 똑같은 계곡을 꿈꾸었고 그 꿈 혹은 악몽에서 깨어났을 때 내가 울기 시작했다는 것을 기억해 냈다. 어쩌면 나를 깨운 것은 바로 눈물이었는지도 모른다. 1973년 9월에 1968년 9월의 꿈이 나타났고 이것은 무언가를 암시하는 게 분명했다. 이런 일은 우연히 일어나지 않는다. 그 누구도 우연의 순열이나 조합, 배치에서 탈 없이 벗어날 수 없다. 나는 어쩌면 아르투리토가 이미 죽었을지도 모른다고 생각했다. 죽음은 라틴 아메리카의 지팡이이고 라틴 아메리카는 이

46 칠레의 대표적인 저항 가요.

지팡이 없이 걸을 수 없으므로, 이 쓸쓸한 계곡은 아마도 죽음의 계곡의 비유적 표현일 거라고 생각했다. 그때 아르투로의 어머니가 내 팔을 잡았고(깜빡 잠이 들었던 것 같다), 우리는 한목소리로 〈단결하면 민중은 결코 패배하지 않으리라*El pueblo unido, jamás será vencido*〉⁴⁶라고 외치며 전진했다. 아, 그 장면을 떠올리면 다시 눈물이 흐른다.

이 주 후에 그의 여동생과 통화했는데 아르투로가 살아 있다고 했다. 나는 안도의 한숨을 내쉬었다. 얼마나 안도했던가. 그러나 나는 계속 가야만 했다. 나는 편력하는 어머니요 방랑자였다. 삶은 나를 다른 이야기들 속으로 끌어들였다.

어느 날 밤, 테킬라의 바다에서 팔꿈치를 괸 채 한 무리의 친구들이 콜로니아 안수레스의 어느 집 정원에 있는 피냐타를 깨뜨리는 모습을 바라보다가, 아르투로의 집에 전화를 걸기에 안성맞춤이라는 생각이 들었다. 그의 여동생이 졸린 목소리로 전화를 받았다. 메리 크리스마스. 내가 말했다. 그녀는 메리 크리스마스, 라고 응답하고 나서 어디냐고 물었다. 나는 친구들과 함께 있다고 대답했다. 그런데 아르투로는 어떻게 됐어요? 다음 달에 멕시코로 돌아와요. 그녀가 말했다. 무슨 요일에요? 내가 물었다. 몰라요. 그녀가 말했다. 공항에 나가고 싶어요. 내가 말했다. 그다음에 우리 두 사람은 내가 있던 집의 정원에서 들려오는 파티 소리에 귀를 기울이며 말없이 있었다. 몸은 괜찮아요? 그의 여동생이 물었다. 이상해요. 내가 말했다. 그런데 당신한테는 그게 정상이에요. 그녀가 말했다. 꼭 정상은 아닌데...... 보통은 컨디션이 최상이거든요. 내가 말했다. 아르투로의 여동생은 잠시 침묵을 지킨 뒤 실은 몸이 이상한 사람은 자신이라고 말했다. 그런데 왜요? 내가 물었다. 순전히 수사적인 질문이었다. 사실 우리 두 사람은 몸이 이상할 만한 오만 가지 이유가 있었다. 나는 그녀의 대답을 기억하지 못한다. 우리는 서로에게 다시 메리 크리스마스라고 인사한 다음 전화를 끊었다.

며칠이 지난 1974년 1월, 아르투로가 칠레에서 도착했다. 그는 이미 딴사람이 되어 있었다.

평소의 모습 그대로인 것 같지만 사실은 근본적으로 무언가가 바뀌었거나 성장한 듯한, 아니 동시에 바뀌고 성장한 듯한 느낌이었다. 평소와 다름없는데도 주변 사람들과 친구들은 그를 다르게 바라보기 시작했다. 모두들 그가 입을 열고 〈공포 지대〉에 관한 최근 소식을 말해 주기를 내심 기대하고 있었지만, 정작 그는 마치 다른 사람들이 기대하는 것이 이해하지 못할 언어로 바뀌었다는 듯, 혹은 전혀 개의치 않는다는 듯 계속 침묵을 지켰다.

47 José Agustín(1944~). 멕시코의 소설가, 극작가, 시나리오 작가, 저널리스트. 구스타보 사인스와 더불어 1960년대에 유행한 이른바 〈온다 문학 *Literatura de la Onda*〉의 대표 작가로 평가된다. 개방적인 언어로 로큰롤, 마약, 섹스 등의 테마를 다룸으로써 사회적 권위와 터부에 도전했던 온다 세대의 문학은 앨런 긴즈버그, 윌리엄 버로스 같은 미국 비트 세대의 영향을 받았다.

그 무렵 그의 절친한 친구들은 더 이상 그보다 나이가 많은 멕시코의 젊은 시인들이 아니었다. 그는 새파랗게 젊은 멕시코 시인들과 어울리기 시작했는데, 하나같이 그보다 나이가 어렸다. 인문대학이 아니라 멕시코시티 지하철의 거대한 고아원을 졸업한 것처럼 보이는, 열여섯, 열일곱, 열여덟 살 소년들이었다. 이따금 부카렐리의 카페테리아와 바의 창문으로 그들의 실물을 보곤 했다. 그러나 그저 보는 것만으로도 마치 살아 있는 존재들이 아닌 것처럼 몸서리가 쳐졌다. 개미나 매미, 혹은 고름처럼 틀라텔롤코의 절개된 상처에서 튀어나왔지만 68 투쟁에도 참가하지 않은 세대였고, 내가 68년 9월 대학에 갇혀 있을 때 아직 대학 예비 과정도 시작하지 않았던 아이들이었다. 이들이 아르투리토의 새로운 친구들이었다. 나는 그들의 아름다움에 면역이 생기지 않았다. 나는 어떤 종류의 아름다움에도 면역이 되지 않는다. 하지만 나는 그들의 언어는 다르며, 나의 언어와 구별되고 젊은 시인들의 언어와도 별개라는 것을 깨달았다(동시에 그들을 볼 때 나는 몸이 떨렸다). 길 잃은 불쌍한 고아들인 그들의 말을 온다 세대 소설가인 호세 아구스틴[47]은 이해할 수 없었고 호세 에밀리오 파체코를 타도하고 싶어 하는 젊은 시인들도 이해할 수 없었다. 다리오와 우이도브로 사이의 불가능한 만남을 꿈꾸는 호세 에밀리오도 마찬가지였다. 아무도 그들을 이해할 수 없었다. 우리 귀에 들리지 않는 그들의 목소리는 말하곤 했다. 우리는 멕시코시티의 이쪽 출신이 아니다. 우리는 지하철에서, 멕시코시티의 지하 세계에서, 하수도에서 왔다. 우리는 칠흑처럼 어둡고 불결하기 짝이 없는 곳에 살고 있다. 그곳에선 젊은 시인들 중 가장 강인한 자도 구토 말고는 아무것도 할 수 없다.

곰곰이 생각해 보면 아르투로가 그들과 어울리면서 옛 친구들에게서 점차 멀어진 것은 이상할 게 없다. 그들은 하수도의 아이들이었고 아르투로도 언제나 하수도의 아이였다.

그러나 그의 옛 친구들 중 한 명은 그에게서 멀어지지 않았다. 에르네스토 산 에피파니오였다. 나는 아르투로를 먼저 알았고, 세월이 지나 1971년의 빛나는 밤에 에르네스토 산 에피파니오를 알게 되었다. 당시에는 아르투로가 패거리 중에서 가장 어렸다. 그 뒤에 에르네스토가 합류했는데, 그보다 한 살이나 몇 개월 아래였다. 그래서 아르투리토는 그 어정쩡한 영광의 의자를 물려주었다. 그러나 그들 사이에는 어떤 종류의 질투도 없었고, 1974년 1월 아르투로가 칠레에서 돌아왔을 때 에르네스토 산 에피파니오는 여전히 그의 친구였다.

그들 사이에 있었던 일은 퍽 흥미롭다. 나는 유일하게 그 얘기를 할 수 있는 사람이다. 그 무렵 에르네스토 산 에피파니오는 환자처럼 지내고 있었다. 음식을 거의 입에 대지 않아 뼈만 앙상하게 남아 있었다. 층층이 리넨 시트에 덮인 멕시코시티의 그 밤들 가운데, 그는 단지 술만 들이켰을 뿐 누구와도 거의 이야기를 나누지 않았다. 우리가 거리로 나왔을 때 그는 겁에 질린 사람처럼 사방을 두리번거렸다. 그러나 친구들이 무슨 일이냐고 물었을 때 그는 아무 말도 하지 않거나 그가 좋아하는 작가인 오스카 와일드의 구절을 인용해 대답했다. 그러나 특유의 위트가 빛을 발하는 그 순간조차 맥이 풀려 있었고, 그의 입술에서 나온 와일드의 경구는 어떤 생각을 이끌어 내기보다는 당혹스러움과 동정심을 불러일으키고 있었다. 어느 날 밤 나는 그에게 아르투로의 소식을 전해 주었고(아르투로의 어머니, 여동생과 이야기를 나눈 뒤였다), 그는 피노체트 치하의 칠레에 사는 것도 사실 그렇게 나쁜 생각은 아니라는 듯이 내 말에 귀를 기울였다.

돌아오고 나서 처음 며칠 동안 아르투로는 거의 문밖에 나가지 않고 집에 처박혀 지냈다. 나만 빼고 나머지 사람들에겐 그가 칠레에서 돌아오지 않은 것이나 다름없었다. 그러나 나는 그의 집을 찾아가 이야기를 나누었고, 그가 8일간 수감되었으며 고문을 당하진 않았지만 용기 있게 행동했다는 것을 알게 되었다. 나는 그의 친구들에게 그 말을 전해 주었다. 나는 그들에게 말했다. 아르투리토가 돌아왔어. 난 서사시의 팔레트에서 빌려 온 색깔로 그의 귀환을 장식했다. 어느 날 밤 아르투리토가 마침내 부카렐리의 카페테리아 키토에 나타났을 때, 젊은 시인들인 그의 옛 친구들은 이제 전과 다른 눈으로 그를 쳐다보았다. 왜 시선이 달라졌을까? 그들이 보기에 아르투리토는 이제 죽음을 가까이서 목격한 사람들의 범주, 강인한 투사의 하위 범주에 들었기 때문이다. 라틴 아메리카의 절망한 아이들의 눈에 이는 상을 주고 진정 훈장을 수여할 만한 가치가 있는 자격이었다.

속으로는 아무도 내 말을 곧이곧대로 받아들이지 않았다는 점을 밝혀야겠다. 말하자면, 전설은 내 입술, 손등에 가려진 내 입술에서 시작되었고, 그가 계속 칩거하고 있는 동안 내가 그에 대해 했던 말은 본질적으로 진실이었음에도 불구하고 전적으로 신뢰할 만한 것은 못되었다. 단순히 그 출처가 나였기 때문이다. 이 대륙에서는 사정이 그렇다. 나는 어머니였고 그들은 나를 믿었지만, 〈전적으로〉 믿지는 않았다. 그러나 에르네스토 산 에피파니오는 내 말을 액면 그대로 받아들였다. 아르투로가 공개적으로 모습을 드러내기 전 며칠 동안 에르네스토는 나로 하여금 세상의 다른 쪽 끝에서 그가 벌인 모험담을 되풀이하게 했다. 얘기를 반복할 때마다 그는 갈수록 흥분이 고조되었다. 다시 말해, 내가 모험담을 들려주거나 꾸며 내면서 에르네스토 산 에피파니오의 무기력은 사라져 갔고, 그의 우울함도 자취를 감추었다. 아니 적어도 그의 무기력과 우울함이 몸을 떨고, 흔들리고, 다시 숨 쉬기 시작했다. 그래서 아르투로가 다시 나타나고 모두들 그와 어울리고 싶어 했을 때, 에르네스토 산 에피파니오 역시

48 토마토와 칠리소스를 곁들인 옥수수 토르티야.

그 자리에 있었고, 신중하게 앞에 나서진 않았지만 옛 친구들이 마련한 환영 행사에 다른 사람들과 함께 참석했다. 내 기억이 틀리지 않다면, 환영의 의미로 카페테리아 키토에서 그에게 맥주 한 잔과 칠라킬레스[48]를 접대했다. 어느 모로 보나 약소했지만 우리의 주머니 사정에 걸맞은 연회였다. 모두들 자리를 떴을 때, 에르네스토 산 에피파니오는 엔크루시하다 베라크루사나의 카운터에 기댄 채 계속 그곳에 남아 있었다. 그때 우리는 키토에서 나와 그 바로 자리를 옮겼는데, 아르투로는 자신의 유령들만 거느린 채 홀로 테이블에 앉아, 마치 잔 밑바닥에서 호메로스적 균형이 침몰하고 있는 것처럼 마지막 테킬라 잔을 응시하고 있었기 때문이다. 아직 스물한 살도 채 안 된 청년에게는 도무지 어울리지 않는 이상한 행동이었다.

그때 모험이 시작되었다.

나는 두 눈으로 똑똑히 보았다. 입증할 수 있다. 나는 다른 테이블에 앉아서 멕시코시티 어느 신문의 문화부 신참 기자와 얘기를 나누고 있었다. 나는 릴리안 세르파스에게 그림 한 점을 막 구입했고, 그녀는 우리에게 그림을 판 뒤에 아주 수수께끼 같은(그러나 수수께끼란 말로는 그녀의 미소에 어린 깊은 어둠을 나타내기에 부족하다) 미소를 흘리며 웃어 보이고는 멕시코시티의 밤 속으로 사라진 뒤였다. 나는 신문 기자에게 릴리안 세르파스가 누군지 얘기해 주었고, 그림은 그녀가 아니라 그녀의 아들이 그린 것이라고 말했다.

또 나 역시 아는 게 별로 없었지만 부카렐리 거리의 바와 카페테리아에 잠깐씩 얼굴을 비치는 그 여자에 대해 아는 대로 말해 주었다. 그 순간, 그러니까 나는 얘기를 하고 아르투로는 옆 테이블에서 테킬라의 가상의 소용돌이를 지켜보고 있는 동안, 에르네스토 산 에피파니오가 카운터에서 물러나 그의 옆에 앉았다. 한순간 그들의 머리통과 어깨까지 내려오는 치렁치렁한 머리카락만 보였다. 아르투로는 곱슬머리였고 에르네스토는 훨씬 더 검고 부드러운 직모였다. 마지막 올빼미들이 하나둘씩 엔크루시하다 베라크루사나에서 떠나는 동안 그들은 잠시 이야기를 나누었다. 어떤 사람들은 서둘러 떠나면서 문간에서 〈멕시코 만세〉를 외쳤고, 일부 고주망태가 된 사람들은 의자에서 제대로 몸을 일으키지도 못했다.

그때 나는 몸을 일으켜 어린 시절 꿈이었던 크리스털 조각상처럼 그들 옆에 섰다. 그리고 에르네스토 산 에피파니오가 들려주는, 콜로니아 게레로 남창들의 왕에 관한 끔찍한 이야기에 귀를 기울였다. 〈왕〉이라고 불리는 자였는데 수도의 그 특색 있고 정말로 매력적인 지역의 남성 매춘을 독점하고 있던 인물이었다. 에르네스토 산 에피파니오에 따르면, 왕은 그의 몸을 샀고 지금 그는 육체적, 정신적으로 그에게 속해 있으며(부주의하게 실수로 몸을 팔고 나면 흔히 있는 일이다), 만약 왕의 요구에 응하지 않으면 자신과 가족들에게 그의 응징과 분노가 떨어진다고 했다. 아르투리토는 에르네스토의 얘기를 귀담아들었고 간간이 테킬라의 소용돌이에서 머리를 들어 친구의 눈을 들여다보았다. 에르네스토가 어떻게 그런 멍청한 실수를 할 수 있었는지, 어떻게 그런 곤경에 빠질 수 있었는지 의아해하는 표정이 역력했다. 마치 친구의 의중을 읽었다는 듯이, 에르네스토 산 에피파니오는 일정한 삶의 순간에 멕시코의 게이들은 누구나 돌이킬 수 없는 바보같은 실수를 범한다고 말했다. 이어서 그는 자기를 도와줄 사람이 아무도 없으며 그런 상황이 계속된다면 자신은 콜로니아 게레로 남창들의 왕의 노예가 될 수밖에 없다고 덧붙였다. 그때 열일곱 살 때 내가 처음 만난 소년 아르투리토가 말했다. 이 엿 같은 궁지에서 빠져나오는 걸 도와 달라는 거야? 에르네스토 산 에피파니오가 말했다. 이 궁지에서 빠져나올 길은 없지만 네가 도와준다면 나쁠 거 없지. 그러자 아르투로가 말했다. 내가 어떻게 했으면 좋겠니? 남창들의 왕을 죽여 줄까? 에르네스토 산 에피파니오가 말했다. 누가 되었든 네가 사람을 죽이는 건 싫어. 내가 바라는 건 같이 가서 그에게 나를 영영 가만히 내버려 두라고 말해 달라는 것뿐이야. 아르투로가 말했다. 젠장, 네 입으로 직접 얘기하지 그래? 에르네스토가 말했다. 내가 혼자 가서 그 말을 한다면 남창들의 왕의 패거리들이 나를 두들겨 팬 다음 시체를 개에게 던져 버릴 거야. 아르투로가 말했다. 제기랄. 그러자 에르네스토 산 에피파니오가 말했다. 하지만 아무도 널 엿 먹이진 못해. 아르투로가 말했다. 빌어먹을! 에르네스토가 말했다. 망할, 나의 시들은 멕시코 시의 낙원에서 안식을 취하게 될 거야. 같이 가고 싶지 않으면 안 가도 돼. 결국 네가 옳아. 뭐가 옳다는 거지? 아르투로는 이렇게 말하며 마치 그 순간까지 꿈을 꾸고 있었다는 듯이 기지개를 켰다. 이윽고 그들은 콜로니아 게레로에서 남창들의 왕이 휘두르는 권력에 대해 얘기하기 시작했고, 아르투로는 그 권력이 어디에 기반을 두고 있는지 물었다. 두려움이야, 두려움을 통해 권력을 행사했어. 에르네스토 산 에피파니오가 말했다. 그럼 내가 어떻게 하면 돼? 아르투리토가 말했다. 넌 겁이 없어. 칠레에서 막 돌아왔잖아. 넌 왕이 나한테 자행할 수 있는 모든 일들이 백 배 만 배 불어나는 걸 목격했잖아. 에르네스토가 말했다. 나는 에르네스토가 그 말을 할 때 아르투로의 얼굴을 보지 못했다. 그러나 다소 얼빠진 듯한 그때까지의 표정이 세상의 모든 두려움이 몰려 있는, 거의 눈에 띄지 않는 작은 주름에 의해 미묘하게 흔들리고 있다고 짐작했다. 그때 아르투리토가 웃었고 에르네스토도 따라 웃었다. 그 시간에, 엔크루시하다 베라크루사 나의 잿빛 공간에서, 그들의 수정 같은 웃음소리는 흡사 각양각색의 새들 같았다. 이윽고 아르투로가 자리에서 일어나며 말했다. 콜로니아 게레로로 가자. 에르네스토도 일어나 함께 나갔다. 삼십 초 뒤에 나 역시 소멸해 가는 바에서 서둘러 나가 신중하게 거리를 두고 그들을 뒤따라갔다. 만일 발각되는 날에는 내가 같이 가도록 내버려 두지 않을 것임을 알고 있었다. 나는 여자이고 그런 골치 아픈 일에 여자가 끼어들어서는 안 되었기 때문이다. 또 나는 이미 성인이었고 성인에게는 스무 살 청년의 정력이 없었기 때문이다. 그리고 그 모호한 새벽 시간에, 아르투리토 벨라노는 하수구 소년으로서의 운명을 받아들이고 자신의 유령을 찾아 나섰기 때문이다.

나는 그를 혼자 내버려 두고 싶지 않았다. 그도 에르네스토 에피파니오도. 그래서 신중하게 거리를 두고 그들을 쫓아 나갔고, 걸으면서 핸드백, 아니 오아하카산 손가방에서 다시 행운의 칼을 찾기 시작했다. 이번에는 별 어려움 없이 칼을 찾아 치마 주머니에 넣었다. 쥐색 주름치마로 양옆에 주머니가 달려 있었다. 엘레나가 선물해 준 것인데 내가 이 치마를 입는 일은 드물었다. 그 순간 나는 그런 행위가 나에게, 그리고 틀림없이 연루될 다른 사람들에게 어떤 결과를 가져올지 생각하지 않았다. 나는 그날 밤 연보라색 재킷에 깃과 소매가 빳빳한 암녹색 셔츠를 입었던 에르네스토를 생각했고, 욕망의 결과를 생각했다. 또한 하루아침에 뜻하지 않게 베테랑 혁명가의 지위로 격상되었고, 내가 알 길이 없는 불분명한 이유로 그런 착오가 가져온 책임감을 받아들이고 있는 아르투로를 생각했다.

나는 그들을 뒤쫓아 갔다. 그들이 경쾌한 걸음으로 부카렐리를 내려가 레포르마까지 걸어가는 것을 보았다. 또 파란불을 기다리지 않고 레포르마를 가로지르는 것을 보았다. 두 사람의 긴 머리카락이 흩날렸다. 그 시간에 레포르마에는 여분의 밤바람이 불고, 레포르마 거리는 투명한 관(管), 도시의 가상의 호흡을 발산하는 쐐기 모양의 허파로 탈바꿈하기 때문이다. 그 후 우리는 게레로 거리를 걷기 시작했다. 그들은 전보다 좀 더 천천히 걸었고 나는 좀 더 힘없이 걸었다. 그 시간의 게레로 거리는 무엇보다 공동묘지와 흡사하다. 그러나 1974년의 공동묘지도, 1968년의 공동묘지도, 또 1975년의 공동묘지도 아닌 2666년의[49] 공동묘지처럼 보인다. 송장이나 아직 태어나지 않은 아이의 눈꺼풀 아래서 잊혀진 공동묘지, 무언가를 망각하고 싶어 한 끝에 모든 것을 망각하게 된 한쪽 눈의 무심한 눈물 같다.

그때쯤 우리는 이미 알바라도 다리를 건넜고, 어둠을 틈타 산 페르난도 광장을 가로질러 가는 마지막 인간 개미들을 어렴풋이 감지할 수 있었다. 솔직히 그때 나는 조바심을 느끼기 시작했다. 그 순간부터 실제로 우리는 고상한 에르네스토(덧붙여 말하자면, 참을성 많은 멕시코시티 노동자 계급의 아들)가 그토록 두려워하는 남창들의 왕의 영역에 진입하고 있었기 때문이다.

49 〈2666〉은 2004년에 발간된 볼라뇨의 미완성 유고작 제목으로, 작품에 이 숫자에 대한 언급은 나오지 않는다. 이 수수께끼 같은 제목은 위에서 언급된 공동묘지의 이미지와 관련이 있는 것으로 보인다.
50 과테말라 서부와 멕시코 동부를 흐르는 강.
51 Efraín Huerta(1914~1982). 멕시코의 시인. 옥타비오 파스, 라파엘 솔라나, 알베르토 킨테로 알바레스와 함께 「타예르Taller」(1938~1941)지를 창간하여 새로운 시인 세대를 탄생시켰다.

8

친구들이여, 그래서 멕시코 시의 어머니는 그곳에 있었다. 주머니에 나이프를 넣은 채, 과거에도 게레로 거리였고 지금도 마찬가지인 그 격렬한 강을 가로질러 아직 스물한 살이 채 안 된 두 명의 시인을 뒤쫓고 있었다. 과장할 이유가 뭐가 있겠는가. 그 강은 아마존 강이 아닌 그리할바 강[50]을 닮았다. 에프라인 우에르타[51]는 한때 이 강을 노래한 적이 있다(내 기억이 틀리지 않다면). 비록 과거에도 게레로 거리였고 지금도 마찬가지인 밤의 그리할바는 순수한 원시 상태를 잃어버린지 오래였지만. 말하자면, 밤에 흐르는 그리할바는 모든 면에서 저주받은 강이었다. 그 강물을 따라 시체나 시체의 환자용 첨부 문서, 수면 위로 떠올랐다가 사라지기를 반복하는 시커먼 자동차들, 바로 그것들 혹은 그 실성한 침묵의 메아리들이 미끄러지고 있었다. 마치 지옥의 강이 순환하는 것 같았다. 이런 생각을 하는 지금도 아마 그럴 것이다.

분명한 것은 내가 그들의 뒤를 밟았다는 사실이다. 그들은 게레로 거리를 따라 걷다가 마그놀리아 거리 쪽으로 방향을 틀었다. 대화를 나눌 시간도 아니었고 대화를 나누기에 그리 적당한 장소도 아니었지만, 그들의 몸짓으로 봐서는 활기차게 대화를 나누고 있는 듯했다. 아직 열려 있는 마그놀리아 거리의 여러 바에서(틀림없이 아주 많지는 않았다) 파티나 춤이 아닌

명상으로 이끄는 나른한 열대 지방 음악이 흘러나왔다. 이따금씩 악쓰는 소리가 귀청을 때렸다. 나는 그 거리가 게레로 거리의 옆구리에 박힌 가시나 화살처럼 보인다고 생각했던 것으로 기억한다. 에르네스토 산 에피파니오가 싫어하지 않았을 이미지였다. 이윽고 그들은 트레볼 호텔[52]의 네온사인 앞에서 걸음을 멈추었다. 역시 그런대로 재미있었다. 왜냐하면 나에게는 베를린 거리에 위치한 건물이 파리라는 이름을 갖는 것 같았거나 또는 그렇게 보였기 때문이다(나는 무척 초조한 상태였다). 그들은 이제 앞으로 어떻게 할 것인지 설전을 벌이는 것 같았다. 에르네스토는, 마지막 순간에, 돌아서서 최대한 빨리 그곳을 벗어나고 싶어 한다는 인상을 주었다. 반면에 아르투리토는 계속할 용의가 있는 눈치였다. 그는 모든 것이 결여된, 심지어는 공기조차 없던 그날 밤에, 아무도 삼킬 권리가 없는 고통스러운 육신의 성체(聖體)처럼 받아들이고 있던 거친 사내 역할에 완벽하게 동화되었다. 나도 그런 역할을 부여하는 데 한몫한 장본인이었다.

그때 우리의 두 영웅이 트레볼 호텔로 들어섰다. 아르투로 벨라노가 앞장섰고 나중에 에르네스토 산 에피파니오가 들어갔다. 그들은 멕시코에서 버려진 시인들이었다. 그리고 내가 그들을 뒤따라 들어갔다. 나는 레온 펠리페의 청소부요 돈 페드로 가르피아스의 꽃병 깨뜨리는 여자였으며, 1968년 9월에 경찰 기동대가

---

52 트레볼 trébol은 스페인어로 〈클로버〉라는 뜻이다.

대학의 자치권을 짓밟았을 때 멕시코 국립 자치 대학교에 남아 있던 유일한 사람이었다. 첫눈에 호텔 내부는 실망스러웠다. 그런 경우, 마치 눈을 감고 불의 수영장에 뛰어든 다음 눈을 뜨는 것 같다. 나는 뛰어들었다. 그리고 눈을 떴다. 내가 본 것은 전혀 끔찍하지 않았다. 시간의 흐름 속에서 황폐해진, 지금은 이름 없는 두 개의 소파가 있는 작은 프런트, 무성한 흑옥빛 머리털을 가진 가무잡잡하고 땅딸막한 접수원, 천장에 매달려 있는 형광등, 녹색 타일이 깔린 바닥, 지저분한 잿빛 인조 카펫을 씌운 계단. 최하 등급의 프런트였다. 그러나 콜로니아 게레로의 일부 지역에서는 그곳이 상당한 고급 호텔이었을지도 모른다.

접수원과 이야기를 나누고 나서 두 영웅은 계단을 올라갔고, 나는 호텔에 들어가 그들을 맞았던 접수원에게 일행이라고 말했다. 땅딸막한 접수원은 눈을 깜빡이며 뭔가를 말하려고 했다. 나에게 깐깐한 모습을 보여 주고 싶어 했다. 그러나 그때쯤 나는 벌써 2층에 올라가 있었고, 소독약 구름과 거의 꺼져 가는 불빛 사이로 천지창조의 첫날들부터 벌거벗고 있던 복도가 내 눈앞에서 옷을 벗었다. 나는 막 닫히고 있던 문을 열고 눈에 보이지 않는 증인처럼 콜로니아 게레로 남창들의 왕의 침실로 다가갔다.

친구들이여, 말할 것도 없이, 왕은 혼자가 아니었다.

방에는 탁자가 하나 있었고, 녹색 천으로 덮여 있었다. 그러나 방을 차지하고 있던 사람들은 카드 게임을 하는 게 아니라 날짜나 주(週)를 셈하고 있었다. 다시 말해, 탁자 위에는 이름과 숫자가 적힌 서류가 있었고, 또 돈다발이 있었다.

아무도 나를 보고 놀라지 않았다.

왕은 건장했고 틀림없이 서른 살 가량 돼 보였다. 밤색 머리를 갖고 있었다. 멕시코에서는 이 밤색 색조를 구에로[53]라고 부르는데, 난 이 말이 진담인지 농담인지 전혀 갈피를 못 잡겠다. 그는 땀이 밴 흰 셔츠를 입고 있었는데, 우연한 구경꾼에게 무관심한 척하며 근육질의 털투성이 팔뚝을 감상할 수 있게 해 주었다. 그의 옆에는 콧수염과 구레나룻을 무성하게 기른 뚱보가 앉아 있었다. 아마도 왕국의 회계 담당이었을 것이다. 방 안쪽 침대를 휘감고 있는 어스름 속에서 제3의 남자가 우리를 지켜보았는데, 머리를 까닥거리며 우리 말에 귀를 기울였다. 내가 맨 처음 떠올린 생각은 그 남자의 상태가 좋지 않다는 것이었다. 처음에는 나를 떨게 만든 유일한 인물이었지만, 시간이 흐르면서 두려움은 동정심으로 바뀌었다. 나는 침대에 엉거주춤 엎드려 있는(분명 그 자세를 유지하기는 매우 힘들었을 것이다) 남자는 환자가 틀림없다고 생각했다. 아마도 저능아였을 것이다. 진정제를 맞았거나 저능아인 왕의 조카였을 것이다. 그의 몰골을 보고 나서 나는 어떤 사람이 처한 상황이 아무리 나빠도(에르네스토 산 에피파니오를 떠올리고 있었다) 언제나 누군가 더

[53] güero. 멕시코나 과테말라에서 〈금발rubio〉의 의미로 사용되는 말.

열악한 상황에 처한 사람이 있기 마련이라는 생각을 했다.

나는 왕의 말을 기억한다. 에르네스토를 보았을 때의 그의 미소와 아르투로를 보았을 때의 캐묻는 듯한 그의 눈빛을 기억한다. 돈을 집어 주머니에 챙겨 넣는 단 하나의 몸짓으로 왕이 자기 자신과 방문객들 사이에 만든 거리를 기억한다. 이윽고 그들은 이야기를 나눴다.

왕은 에르네스토가 임의로 잠적했던 이틀 밤을 언급했고, 아무리 근거 없고 우발적이라 해도 모든 행위에 수반되는 의무를 져야 한다는 점에 대해 말했다. 그는 가슴에 대해, 진정한 사내대장부라면 무엇이 되었든 자신의 행위에 책임을 지게 하는, 여자들처럼 피 흘리는(그가 생리를 언급했다고 생각한다) 남자들의 가슴에 대해 말했다. 그는 또 빚에 대해 언급하면서, 세상에 잘못 갚은 빚보다 더 비열한 것은 없다고 했다. 그가 그렇게 말했다. 그는 갚지 않은 빚이 아니라 잘못 갚은 빚에 대해 말했다. 그러고는 입을 닫고 방문객들이 무슨 말을 하는지 듣기 위해 기다렸다.

먼저 말을 꺼낸 사람은 에르네스토 산 에피파니오였다. 그는 왕에게 아무런 빚이 없다고 말했다. 그는 자신이 한 일이라곤 연이틀 밤 그와 함께 잠을 잔 것뿐이며(광란의 이틀 밤이라고 바로잡았다), 아마도 남창들의 왕과 같은 침대에 들어간다는 것을 알면서도 그러한 행위에 수반되는 위험과 〈책임〉을 깊이 생각하지 못한 채, 왕의 노예가 되겠다는 복안이 아니라 단지 욕망과 모험에 이끌려 순진하게(물론 〈순진하게〉라고 말할 때 에르네스토는 순진함의 속성과는 동떨어진 신경질적인 가벼운 웃음을 억누를 수 없었다) 그 일을 했다고 말했다.

넌 나의 성적 노예야. 왕이 그의 말을 가로막으며 말했다. 전 당신의 성적 노예예요. 방 안쪽에 있던 남자, 아니 소년이 말했다. 나를 움찔하게 하는 날카롭고 병약한 목소리였다. 왕은 돌아서서 그에게 입 닥치라고 말했다. 난 당신의 성적 노예가 아니야. 에르네스토가 말했다. 왕은 느긋하게 악의적인 미소를 흘리며 에르네스토를 쳐다보았다. 그는 에르네스토에게 그럼 자신을 뭐라고 생각하는지 물었다. 멕시코의 동성애자 시인, 동성애자 시인, 시인, 그리고……(왕은 아무것도 이해하지 못했다). 그렇게 말하고 나서 그는 좋아하는 사람과 잠을 잘 권리(〈양도할 수 없는〉 권리)에 대해, 그리고 그것 때문에 노예로 간주되지 않을 권리에 대해 뭔가 덧붙여 말했다. 눈물 나게 애처로운 상황이 아니라면 웃다가 숨넘어가겠네. 그가 말했다. 그럼 우리가 본때를 보여주기 전에 웃다가 뒈져라. 왕이 말했다. 그의 목소리가 갑자기 굳어졌다. 에르네스토는 얼굴이 붉어졌다. 나는 그의 옆모습을 보았고 아랫입술이 덜덜 떨리는 것을 알아챘다. 널 괴롭혀 주겠어. 왕이 말했다. 죽을 때까지 밟아 주지. 왕국의 회계 담당이 말했다. 네놈의 빌어먹을 폐와 심장이 터질 때까지 두들

겨 패주겠다. 왕이 말했다. 그런데 신기하게도 그들은 입술을 움직이지 않고 이 모든 말을 했다. 그들의 입에서는 아무 소리도 새어 나오지 않았다.

더 이상 날 괴롭히지 마. 에르네스토가 창백한 목소리로 말했다.

방 안쪽에 있던 가련한 저능아 소년이 몸을 떨기 시작했고 모포로 자신의 몸을 감쌌다. 잠시 뒤에 모두들 숨 막힐 듯한 그의 신음을 들을 수 있었다.

그때 아르투로가 입을 열었다. 누구지? 그가 물었다. 자식, 누굴 말하는 거야? 왕이 물었다. 저 사람 누구야? 아르투로가 침대 위의 꾸러미를 가리키며 말했다. 회계 담당은 방 안쪽으로 캐묻는 듯한 시선을 보내고 나서 공허한 미소를 띤 채 아르투로와 에르네스토를 쳐다보았다. 왕은 돌아보지 않았다. 누구야? 아르투로가 물었다. 그럼 도대체 〈넌〉 누구냐? 왕이 말했다.

방 안쪽의 소년은 모포 밑에서 몸을 떨었다. 데굴데굴 구르는 것처럼 보였다. 몸이 휘감기거나 숨이 막힌 상태여서 그를 쳐다보는 사람은 그의 머리가 베개 근처에 있는지, 아니면 침대 다리 쪽에 있는지 정확히 알 수 없었다. 그는 몸이 아파. 아르투로가 말했다. 질문도 긍정도 아니었다. 그는 자신에게 혼잣말을 하는 듯했고 동시에 온몸에 맥이 풀리는 것 같았다. 이상하게도 그 순간에 나는 그의 목소리를 들었다. 나는 그가 한 말이나 그 불쌍한 소년의 병을 생각하기에 앞서 아르투로가 자신의 조국에서 몇 달을 보내는 동안 칠레

특유의 말투를 회복했다고(또 아직 잃어버리지 않았다고) 생각했다. 곧이어 나는 어디까지나 가정이지만 내가 몬테비데오로 돌아간다면 어떤 일이 벌어질까 생각하기 시작했다. 나의 말투를 되찾게 될까? 서서히 멕시코 시의 어머니이기를 그만두게 될까? 나는 그런 사람이다. 최악의 순간에 뜬금없이 엉뚱한 것들을 생각한다.

그런데 의심의 여지없이 그날은 최악의 순간 중의 하나였고, 나는 심지어 왕이 전혀 처벌받지 않고 우리를 죽여 시체를 콜로니아 게레로의 말 없는 개들에게 던져 주거나 더 흉악한 짓도 저지를 수 있을 것이라고 생각했다. 그러나 그때 아르투로가 헛기침을 했고(적어도 나에겐 그렇게 들렸다) 왕 앞에 있던 빈 의자에 앉아(그런데 처음엔 의자가 그곳에 없었다) 두 손으로 얼굴을 감쌌다(현기증이 나는 것처럼, 아니면 자신이 실신할 거라고 생각하는 것처럼). 왕과 왕국의 회계 담당은 그렇게 싱거운 싸움꾼은 생전 처음 보았다는 듯이 그를 신기하게 쳐다보았다. 그때 아르투로가 얼굴에서 손을 떼지 않은 채 그날 밤 에르네스토 산 에피파니오가 가진 모든 문제를 확실히 해결해야 한다고 말했다. 왕의 얼굴에서 호기심 어린 표정이 가셨다. 호기심 어린 시선은 언제나 그렇다. 돌연 다른 어떤 것으로 변하기 일쑤다. 호기심이 가셔도 완전히 사라지지는 않는다. 흔적은 남는다. 호기심은 지속적이기 때문이다. 무관심에서 호기심으로 옮겨 가는 것은 짧아 보이지만(우리는 자연스럽게 호기심에 끌리는 경향이 있기 때문에) 돌아오는 길은 끝나지 않는 악몽처럼 한없이 길다. 그날 밤 왕의 시선은 그가 폭력을 통해 끝나지 않은 악몽에서 벗어나고 싶어 했다는 것을 분명하게 보여 주었다.

그런데 그때 아르투로가 다른 문제에 대해 말하기 시작했다. 그는 안쪽 침대에서 떨고 있는 아픈 소년을 거론하며 그를 데려가겠다고 했다. 그는 죽음에 대해 말했고 떨고 있는(이제는 떨고 있지 않았지만), 지금은 모포 끝을 끌어당기고 우리를 살피고 있는 소년에 대해 말했다. 그리고 죽음에 대해 말했다. 몇 번이고 되풀이했고 언제나 죽음으로 되돌아왔다. 마치 콜로니아 게레로의 남창들의 왕에게 자신은 죽음의 주제를 감당할 능력이 없다고 말하는 듯했다. 그 순간 나는 생각했다. 이야기를 날조하고 있어. 허구야. 죄다 거짓말이야. 그때 아르투리토 벨라노가 내 의중을 읽었다는 듯이 어깨를 조금 움직여 내 쪽으로 몸을 살짝 틀고는 〈이리 줘〉라고 말하며 오른쪽 손바닥을 내밀었다.

나는 주머니칼을 펴서 그의 오른쪽 손바닥 위에 올려놓았다. 그는 고맙다고 말하고는 다시 나에게 등을 돌렸다. 그때 왕이 그에게 술이 취했는지 물었다. 아니, 어쩌면 그럴 수도 있겠지. 하지만 많이 취하지는 않았어. 아르투로가 대답했다. 그러자 왕이 에르네스토가 그의 애인인지 물었다. 아르투로는 그렇다고 대답했다. 그의 대답은 내 추측이 옳았다는 것을 입증해 주었다. 그건 술에 취해서 하는 소리가 아니라 다분히 이야기꾼이 지어낸 말이었다. 그때 왕이 자리에서 일어나려는 몸짓을 취했다. 아마도 우리에게 작별인사를 하고 문까지 배웅해 줄 요량이었을 것이다. 하지만 아르투로가 말했다. 움직이지 마, 개자식아. 아무도 움직이지 마. 우라질, 꼼짝 말고 탁자 위에 손을 올려놔. 놀랍게도 왕과 회계 담당은 순순히 그의 말에 따랐다. 그 순간 아르투로는 자신이 이겼다는 것을, 아니 적어도 싸움의 절반 혹은 1라운드를 이겼다는 것을 깨달았을 것이다. 또 싸움이 늘어지면 아직 패배할 수 있다는 것도 간파했을 것이다. 다시 말해, 2라운드 싸움이라면 승산이 있겠지만, 10라운드나 12라운드, 15라운드 싸움이라면 그 가능성은 왕국의 광대함 속으로 사라졌을 것이다. 그래서 그는 계속 밀어붙였고, 에르네스토에게 가서 방 안쪽의 소년을 살펴보라고 했다. 에르네스토는 〈이봐, 친구, 너무 닦달하지 마〉라고 말하는 듯한 표정으로 그를 쳐다보았다. 그러나 따질 계제가 아니어서, 순순히 그의 말에 따랐다. 에르네스토가 방 안쪽에서 소년의 병세가 꽤 깊다고 말했다. 나는 에르네스토를 보았다. 나는 그가 반원을 그리며 왕의 침실을 가로질러 가는 것을 보았다. 이윽고 그는 어린 노예가 누워 있는 침대에 다다랐다. 이제 그를 덮고 있던 시트를

---

54 Dr. Atl(1875~1964). 멕시코의 화가, 작가. 멕시코 민족주의 예술 운동인 〈메히카니스모 *Mexicanismo*〉와 벽화 부흥 운동의 선구자이다. 본명은 헤라르도 무리요 Gerardo Murillo.

들추고 몸을 건드려 보았다. 어쩌면 그의 팔을 꼬집었는지도 모른다. 그는 소년에게 귓속말을 속삭였고 자신의 귀를 소년의 입술 가까이 가져갔다. 그러고는 침을 삼키고 나서(나는 그가 늪 같기도 하고 사막 같기도 한 침대에 비스듬히 기댄 채 침을 삼키는 것을 보았다) 상태가 심각하다고 말했다. 이 소년이 죽는 날에는 다시 와서 널 없애 버리겠어. 아르투로가 말했다. 그때 그날 밤 처음으로 내가 입을 열었다. 그를 데려가려고? 내가 물었다. 우리와 함께 갈 거야. 아르투로가 말했다. 계속 방 안쪽에 있던 에르네스토는 갑자기 크게 낙담한 사람처럼 침대에 털썩 주저앉으며 말했다. 네가 직접 와서 봐, 아르투로. 나는 아르투로가 여러 차례 고개를 가로젓는 것을 보았다. 나는 소년의 모습을 보고 싶지 않았다. 그때 에르네스토를 쳐다보았다. 잠시 나는 매끄러운 돛 같은 침대가 놓여 있는 방의 안쪽이 방의 나머지 공간으로부터 분리되고 있으며, 호수 위를 미끄러지듯 움직여 트레볼 호텔 건물에서 멀어지고 있다는 느낌을 받았다. 호수는 호수대로 아틀 박사[54]가 그린 멕시코 계곡의 그지없이 맑은 어느 하늘을 항해하고 있었다. 환영(幻影)은 너무 선명해서 아르투로와 내가 일어서서 손을 흔들어 작별 인사를 보내면 그것으로 끝이었다. 에르네스토가 그때처럼 용감해 보인 적은 두 번 다시 없었다. 아픈 소년 역시 그 나름대로 씩씩해 보였다.

나는 움직였다. 처음엔 마음으로, 그리고 나중엔 몸

으로 움직였다. 아픈 소년은 내 눈을 쳐다보며 울기 시작했다. 그는 정말로 병세가 심각했지만 나는 아르투로에게 말하고 싶지 않았다. 그의 바지는 어디 있어? 아르투로가 물었다. 저기. 왕이 말했다. 나는 침대 밑을 찾아보았다. 아무것도 없었다. 양옆을 찾아보았다. 나는 못 찾겠어, 어쩌지? 라고 말하는 듯한 표정으로 아르투로를 쳐다보았다. 그때 에르네스토가 모포 사이를 찾아봐야겠다는 생각을 떠올렸고, 반쯤 젖은 바지와 유명 상표의 테니스화를 꺼냈다. 나한테 맡겨. 내가 말했다. 나는 소년을 침대 가장자리에 앉힌 다음 청바지를 입히고 신발을 신겼다. 그다음에 걸을 수 있는지 보려고 그를 일으켜 세웠다. 걸을 수 있었다. 가자. 내가 말했다. 아르투로는 꿈쩍도 하지 않았다. 일어나, 아르투로. 내가 속으로 생각했다. 폐하께 마지막으로 고할 얘기가 있어. 먼저 나가서 입구에서 기다려. 그가 말했다.

에르네스토와 나는 소년을 데리고 층계를 내려갔다. 우리는 택시를 불러 세웠고 트레볼 호텔 입구에서 기다렸다. 잠시 뒤에 아르투로가 모습을 나타냈다. 무슨 일이든 일어날 수 있었지만 결국 아무 일도 일어나지 않은 그날 밤은 마치 거대한 짐승이 삼켜 버린 것처럼 기억이 가물가물하다. 이따금씩 나는 멀리 북쪽에서

---

55 Úlises Lima. 볼라뇨의 소설 『야만스러운 탐정들』 주인공의 한 사람으로, 볼라뇨의 가장 친근한 친구였던 멕시코 시인 마리오 산티아고의 분신이다. 볼라뇨는 『부적』을 그에게 바치고 있다.

멕시코시티 시내를 향해 움직이는 거대한 번개 폭풍을 볼 수 있다. 그러나 나의 기억은 말한다. 그날 밤 어떤 전기 폭풍도 없었다고, 다만 멕시코의 높은 하늘이 조금 낮아져 가끔 숨을 쉬기 어려웠고 공기가 건조해 목구멍이 아팠을 뿐이라고. 나는 택시 안에서 에르네스토 산 에피파니오와 아르투로 벨라노가 터뜨린 웃음소리를 기억한다. 그 웃음은 그들을 현실, 아니 그들이 현실이라고 부르고 싶어 하는 것으로 되돌려 놓았다. 나는 호텔 앞 인도에서, 그리고 택시 안에서 풍기던 선인장 냄새, 멕시코의 온갖 선인장들로 꽉 들어찬 것 같은 그 공기를 기억한다. 숨쉬기가 힘들어, 내 칼을 돌려줘, 말하기가 힘들어, 어디로 가지, 라고 말했던 기억이 난다. 내가 말을 할 때마다 에르네스토와 아르투로가 웃음을 터뜨렸다. 결국 나도 웃고 말았다. 그들만큼 혹은 그들보다 더 심하게. 택시 기사와 아픈 소년만 빼고 모두 웃었다. 어느 순간 택시 기사는 마치 우리가 밤새 실어 나른 다른 승객들과 다를 게 없다는 듯이(여기가 다름 아닌 멕시코시티라고 가정하면 지극히 정상적인 일이다) 우리를 쳐다보았다. 소년은 내 어깨에 머리를 기대고 잠이 들어 있었다.

우리는 이렇게 콜로니아 게레로의 황야에 박혀 있는 남창들의 왕의 왕국에 들어갔다 나왔다. 에르네스토 산 에피파니오, 스무 살 또는 열아홉 살인 멕시코 태생의 동성애자 시인(아직 우리가 만나지 못한 울리세스 리마[55]와 더불어 자기 세대 최고의 시인), 아르투로 벨라노, 스무 살인 칠레 태생의 이성애자 시인, 후안 데 디오스 몬테스(후안 데 도스 몬테스나 후안 데도스로도 불림), 열여덟 살로 콜로니아 부에나비스타에 위치한 한 제과점에서 수습 제빵공으로 일하고 있으며 양성애자로 보임. 그리고 마지막으로 나 아욱실리오 라쿠투레, 결정적으로 나이가 애매하며 우루과이 또는 동방 공화국[56] 태생의 독자이자 어머니, 그리고 말라붙은 수도관망(網)의 목격자.

후안 데 도스 몬테스에 대해서는 이제 더 이상 거론하지 않을 것이다. 그러므로 적어도 그의 악몽은 잘 끝났다고 말할 수 있다.

그는 아르투리토의 부모님 집에서 며칠을 지냈고 그 뒤에 여러 옥탑방을 전전하고 있었다. 마침내 몇몇 친구들이 그에게 콜로니아 로마의 한 제과점에서 일자리를 구해 주었고, 적어도 외견상으로는 우리들의 삶에서 자취를 감추었다. 그는 본드 흡입을 즐겼으며 우울하고 침울했다. 그리고 금욕적이었다. 하루는 운디도 공원에서 우연히 그를 만났다. 어떻게 지내, 후안 데 디오스. 내가 말했다. 아주 잘 지내. 그가 대답했다. 몇 달 뒤, 살바도르 노보[57] 장학금을 받은 기념으로 에르네스토 산 에피파니오가 마련한 파티에서(시인들이 한자리에 모이면 서로 다투기 때문에 아르투로는 그 자

---

[56] 우루과이의 정식 명칭은 우루과이 동방 공화국República Oriental de Uruguay이다.

[57] Salvador Novo(1904~1974). 멕시코 시인.

리에 참석하지 않았다), 나는 에르네스토에게 이제는 거의 잊힌 그날 밤에 그들이 죽이려고 했던 사람은 모두가 생각했듯이 그가 아니라 후안 데 디오스라고 말했다. 맞아. 에르네스토가 말했다. 나도 역시 같은 결론을 내렸어. 죽을 사람은 후안 데 디오스였어.

우리의 숨은 의도는 그가 살해당하지 않도록 저지하는 것이었다.

9

그 후에 나는 세상으로 돌아왔다. 모험은 이제 그만, 이라고 나지막이 혼잣말을 했다. 끝없는 모험의 연속이었다. 언제나 생사가 걸린 문제인 시의 모험을 경험했지만, 후에 나는 원래의 자리로 되돌아갔다. 멕시코의 거리들로 돌아갔고 일상생활에 만족했다. 뭘 더 바라겠는가. 뭣하러 계속 나 자신을 기만하겠는가. 일상은 단지 몇 초 동안 지속되는 얼어붙은 투명함이다. 그래서 나는 돌아와 일상을 바라보았고 일상이 나를 둘러싸도록 가만히 있었다. 난 어머니야, 솔직히 공포 영화가 나한테 어울린다고 생각지 않아. 내가 일상에게 말했다. 그때 일상이 비눗방울처럼, 그러나 미친 듯이 부풀어 올라 펑 터졌다.

나는 다시 인문대학 4층 여자 화장실에 있었다. 1968년 9월이었고 모험과 레메디오스 바로를 생각하고 있었다. 레메디오스 바로를 기억하는 사람들은 극소수다. 나는 그녀를 만나지 못했다. 진심으로 그녀를 알았다고 말하고 싶은 생각이 간절하지만 실은 단 한 번도 그녀를 만난 적이 없다. 나는 경이로운 여자들, 산처럼 혹은 해류처럼 강인한 여자들을 만나 봤지만 레메디오스 바로는 만나 본 적이 없다. 그녀를 만나러 집으로 찾아가는 게 부끄러워서도 아니었고 그녀의 작품을 우습게 알아서도 아니었다(진심으로 높게 평가한다). 레메디오스 바로는 1963년에 사망했고, 그 해에 나는 아직 사랑하는 아득한 몬테비데오에 살고 있었기 때문이다.

그러나 달이 여자 화장실을 비추고 내가 아직 깨어 있는 밤이면 나는 그렇지 않다고 생각한다. 1963년에 난 이미 멕시코시티에 있었고, 내가 레메디오스 바로의 주소를 알려 달라고 부탁하는 소리를 돈 페드로 가르피아스가 생각에 잠겨 듣고 있다고 생각한다. 레메디오스 바로를 자주 찾아가지는 않았지만 그는 그녀를 존경하고 있었다. 이윽고 그는 다소 불안한 동작으로 책상에 다가가더니 서랍에서 메모지와 수첩을 꺼내고 재킷 주머니에서 만년필을 꺼낸 다음 카탈루냐 출신 화가를 찾을 수 있는 주소를 빼어난 서체로 엄숙하게 옮겨 적는다.

나는 한걸음에 콜로니아 폴랑코에 있는 레메디오스 바로의 집으로 달려간다. 콜로니아 폴랑코에 있는 게 맞나? 어쩌면 콜로니아 안수레스인지도 모른다. 아니면 콜로니아 틀락스파나인가? 하현달이 거미처럼 여자 화장실에 둥지를 틀면 기억은 나에게 심술궂은 장난을 친다. 어쨌든, 나는 멕시코의 거리를 허둥지둥 뛰어다닌다. 휙휙 스쳐 지나가는 거리들은 그녀의 집에 가까이 다가감에 따라 점차 변해 간다(각각의 변화는 그에 앞선 변화를 뒤따르는 동시에 비판하며 기댄다). 마침내 모든 집들이 무너진 성처럼 보이는 거리에 다다른다. 나는 초인종을 누르고 잠시 기다린다. 그 사이에 내가 들을 수 있는 건 오직 심장 뛰는 소리뿐이다(내가 그처럼 바보스럽기 때문이다. 흠모하는 사람을 만나려는 순간 내 심장은 쿵쾅거리기 시작한다). 이윽고 희미한 발자국 소리가 들리고 누군가가 문을 열어 준다. 레메디오스 바로다.

그녀는 54세다. 말하자면 그녀가 죽기까지 일 년이 남아 있다.

그녀는 나에게 들어오라고 한다. 그녀는 찾아오는 사람이 많지 않다고 말한다. 내가 앞서 걸어가고 그녀가 뒤따른다. 들어가요, 들어가세요. 그녀가 말한다. 나는 조명이 희미한 복도를 따라 두 개의 창문이 있는 널찍한 거실까지 걸어 들어간다. 창문은 안뜰을 향하고 있고 한 쌍의 무거운 연보랏빛 커튼이 드리워져 있다. 거실에는 팔걸이의자가 하나 있다. 내가 그 의자에 앉는다. 작은 원탁 위에는 커피 잔이 두 개 놓여 있다. 나는 재떨이에서 꽁초 세 개를 발견한다. 분명 집 안에 제3의 인물이 있다는 얘기다. 레메디오스 바로는 내 눈을 쳐다보며 미소 짓는다. 나 혼자예요. 그녀가 분명하게 말한다.

나는 내가 그녀를 얼마나 흠모하는지 고백한다. 그녀에게 프랑스 초현실주의자들과 카탈루냐 초현실주의자들, 그리고 스페인 내전에 대해 얘기한다. 그러나 뱅자맹 페레[58]는 언급하지 않는다. 두 사람은 1942년에 결별했고 그녀가 그에 대해 어떤 기억을 간직하고 있는지 몰라서였다. 그러나 파리와 망명, 그녀의 멕시코 도착, 레오노라 캐링턴과의 우정에 대해서는 말한다. 그때 나는 레메디오스 바로에게 그녀 자신의 삶을 이야기하고 있으며, 마치 존재하지 않는 시험관들 앞에서 초조하게 수업 내용을 암송하는 사춘기 여학생처럼 행동하고 있음을 깨닫는다. 그 순간 홍당무처럼 얼굴이 빨개져서 그녀에게 죄송해요, 라고 말한다. 무슨 말을 해야 할지 몰라 허둥댄다. 담배 좀 피워도 될까요? 라고 말하며 손가방에서 델리카도스 담뱃갑을 찾는다. 그러나 찾지 못하고, 담배 있으세요? 라고 묻는다. 레메디오스 바로는 낡은 스커트로(그런데 어느 거구의 여자 것이었던 게 분명하다는 생각이 스친다) 덮어 놓은 그림을 등지고 서서 이젠 폐가 약해져서 담배를 피우지 않는다고 말한다. 그러나 폐가 안 좋은 사람의 낯빛은 아니고 살아오는 동안 뭔가 나쁜 일을 본 것

---

[58] Benjamin Péret(1899~1959). 프랑스의 초현실주의 시인. 옥타비오 파스, 세사르 모로, 엔리케 몰리나 등 라틴 아메리카 시인들에게 영향을 끼쳤다.

처럼 보이지도 않는다. 물론 그녀가 나쁜 일들을 숱하게 보아 왔다는 것을 알고 있다. 악마의 등극, 생명의 나무에 기어오르는 흰개미들의 끝없는 행렬, 어둠 혹은 제국 혹은 질서의 왕국(철학자라면 누구도 수긍하지 않을 나만의 추측이지만, 태초부터 계몽에 맞서 싸워 왔으며 우리를 짐승이나 로봇으로 바꾸려는 속셈을 지닌 비이성적 오점을 가리키는 적절한 이름들)과 계몽 간의 투쟁. 나는 그녀가 극소수의 여자들만이 자신들이 보았다는 사실을 〈알고 있는〉 것들을 보았고 지금은 채 열두 달도 남지 않은, 이미 정해진 자신의 죽음을 보고 있다는 것을 알고 있다. 나는 집안에 누군가 나에게 발각되기를 원치 않는 담배 피는 사람이 더 있음을 알고 있다. 짐작컨대 누구든 내가 아는 사람일 것이다.

그때 나는 한숨을 내쉬며 4층 여자 화장실의 타일에 비친 하현달을 바라본다. 그리고 피로와 두려움을 털어 내는 표정으로 한 손을 뻗어 거구 여자의 스커트로 씌운 그림을 가리키며 어떤 그림인지 묻는다. 레메디오스 바로는 미소를 띠고 나를 쳐다보더니 이윽고 돌아서서 나를 등진 채 잠시 그림을 유심히 살핀다. 그러나 호기심 많은 시선들로부터 그림을 보호하는 스커트를 벗기거나 열어젖히지는 않는다. 마지막 작품이에요. 그녀가 말한다. 어쩌면 마지막에서 두 번째 작품이라고 말했을지도 모른다. 그녀의 말은 메아리가 되어 달빛에 긁힌 타일에 튕겨 되돌아오고, 그래서 마지막

*última*과 마지막에서 두 번째*penúltima*는 혼동하기 쉽다. 아, 그 극단적인 불면의 시간에, 레메디오스 바로의 모든 그림들이 달 혹은 나의 푸른 눈이 흘린 눈물처럼 하나하나 줄지어 지나간다. 그래서 솔직히 말해, 시시콜콜한 세부 사항을 알아채거나 마지막이라는 단어와 마지막에서 두 번째라는 단어를 명확히 구분하기란 어렵다. 그때 레메디오스 바로가 거구 여자의 스커트를 들어 올리고 내 눈앞에 거대한 계곡이 펼쳐진다. 아주 높은 산에서 내려다본, 녹색과 고동색이 뒤섞인 계곡이다. 그 풍경을 보는 것만으로도 불안감이 느껴진다. 왜냐하면 집안에 다른 사람이 있다는 것을 아는 것과 똑같은 방식으로 화가가 나에게 보여 주는 것은 일종의 〈서막〉, 하나의 무대 장치에 불과하다는 것을 알기 때문이다. 그 무대 장치에서 나에게 불로 각인될 장면이 전개될 것이다. 아니, 불이 아닐 것이다. 그 무엇도 지금 나를 불로 각인시키지 못할 것이다. 오히려 내가 느끼는 것은 얼음 인간, 각얼음으로 만들어진 남자다. 그는 나에게 다가와 입을 맞출 것이다. 이빨 빠진 내 입에. 나는 내 입술에서 남자의 얼음 입술을 느낄 것이고 바로 눈앞에서 그 얼음 눈을 보게 될 것이다. 그때 나는 후아나 데 이바르부루[59]처럼 혼절할 것이며, 왜 하필 나지? 라고 중얼거릴 것이다. 나는 이 아양을 용서받을 테고, 각얼음으로 만들어진 남자는

---

59 Juana de Ibarbourou(1892~1979). 우루과이의 후기 모데르니스모 여류 시인.

속눈썹을, 눈꺼풀을 깜박거릴 것이고, 그 속눈썹과 눈꺼풀의 깜박임 가운데 나는 눈보라를 구별해 내게 될 것이다. 마치 누군가가 창문을 열었다가 이내 후회하면서 아직은 아니야, 아욱실리오, 결국은 보게 되겠지만 아직은 때가 아니야, 라고 말하며 거칠게 창문을 닫듯이.

나는 그 풍경, 막연하게 르네상스적 배경을 떠오르게 하는 그 광대한 계곡이 〈기다리고 있다는 것〉을 안다.

그런데 뭘 기다리고 있지?

그때 레메디오스 바로가 스커트로 캔버스를 덮고 커피를 내온다. 파루시아나 신비 의식, 정신 안정제, 전기 충격 요법처럼 맥락을 벗어난 뜬금없는 말들이 중간에 끼어들긴 하지만, 우리는 일상의 다른 것들에 대해 이야기를 나누기 시작한다. 이어서 최근에 단식 투쟁을 했거나 지금 하고 있는 어떤 사람에 대해 얘기한다. 내가 말하는 소리가 들린다. 아무것도 먹지 않고 일주일이 지나면 더 이상 배고픔을 느끼지 못해요. 레메디오스 바로가 나를 쳐다보며 말한다. 가엾어라.

바로 그 순간 무거운 연보랏빛 커튼이 흔들리고 나는 자리에서 벌떡 일어난다. 카탈루냐 출신 화가가 방금 전에 한 말에 대해 곰곰이 생각할 겨를이 없다(그러지도 않을 것이다). 나는 창 쪽으로 다가가 커튼을 젖힌다. 검은 새끼 고양이 한 마리가 눈에 들어 온다. 나는 안도의 한숨을 내쉰다. 등 뒤에서 레메디오스 바로가 미소를 지으며 동시에 내가 누군지 궁금해 하고 있다는 것을 안다. 창문은 작은 안뜰을 향해 있고 그곳에선 다른 대여섯 마리 고양이들이 낮잠을 자고 있다. 고양이가 참 많네요! 모두 당신 거예요? 대충 그래요. 레메디오스 바로가 대답한다. 나는 그녀를 쳐다본다. 검은 새끼 고양이가 그녀의 품에 안겨 있다. 레메디오스 바로가 고양이에게 카탈루냐어로 말한다. 애야, 야옹아. 어디 있었어? 한참 찾았잖아, 야옹아 *bonic, on eres?, bonic, feia hores que et buscava*.

음악 좀 틀어 드릴까?

나한테 하는 말일까, 아니면 고양이한테 하는 말일까? 고양이한테는 카탈루냐어로 말하니까 나에게 한 말이라고 생각한다. 그러나 누구라도 한눈에 멕시코에서 태어나 자란 고양이라는 걸 알아챌 수 있다. 적어도 삼백 년 된 혈통의 멕시코산 도둑고양이다. 달이 고양이의 섬세한 발걸음으로 여자 화장실의 한 타일에서 다른 타일로 옮겨 가고 있는 지금, 나는 스페인 사람들이 도착하기 전에 멕시코에 고양이가 있었는지 자문해 본다. 그리곤 객관적이고 냉담하게, 심지어는 다소 무관심한 표정으로 스스로 대답한다. 아니야, 고양이는 없었어. 고양이는 유럽인들의 두 번째 혹은 세 번째 물결과 함께 들어왔어. 그때 나는 몽유병에 걸린 멕시코 고양이들을 생각하는 중이어서 몽유병자의 목소리로 그녀에게 좋다고 답한다. 레메디오스 바로는 레코드플

60 Salvador Bacarisse Chinoria(1898~1963). 스페인의 음악가, 작곡가.

레이어로 다가간다. 낡은 레코드플레이어였는데, 믿을 수 없게도 때는 1962년이고 모든 게 낡았으니 전혀 이상할 게 없다. 내가 비명이나 때아닌 고백을 억누르기 위해 그러듯이 모든 것들이 한손을 들어 입으로 가져간다! 그녀는 레코드판을 올려놓으며 나에게 말한다. 살바도르 바카리세[60]의 A 마이너 콘체르티노예요. 나는 난생 처음 그 스페인 작곡가의 음악을 들으며 다시 울기 시작한다. 그 사이에 달은 슬로 모션으로 한 타일에서 다른 타일로 뛰어넘는다. 마치 자연이 아닌 내가 이 영화를 감독하고 있는 것처럼.

우리가 얼마나 바카리세의 음악을 듣고 있었을까?

모르겠다. 단지 어느 순간 레메디오스 바로가 레코드플레이어의 바늘을 들어 올려 음악 감상을 끝낸다는 것을 알 뿐이다. 이윽고 나는 그녀에게 다가가(떠나고 싶지 않아서라는 것을 인정해야 한다) 빨개진 얼굴로 우리가 사용한 잔을 씻고, 바닥을 쓸고, 가구에서 먼지를 털어 내고, 부엌의 사기그릇을 윤이 나게 닦고, 장을 보고, 잠자리를 준비하고, 목욕물을 받는 일을 돕겠다고 자청한다. 하지만 레메디오스 바로는 웃으며 말한다. 전혀 그럴 필요 없어요, 아욱실리오. 어쨌든 고마워요. 정말 괜찮아요. 이젠 어떤 도움도 필요 없어요. 레메디오스 바로가 말한다. 거짓말! 어떻게 아무것도 필요하지 않을 수가 있어? 그녀가 현관 입구까지 배웅해 주는 동안 나는 생각한다.

이윽고 나는 그녀의 집 현관에 있다. 그녀는 실내에

서 한 손으로 문의 손잡이를 잡고 있다. 그녀에게 물어보고 싶은 게 수두룩하다. 우선 다시 방문해도 좋은지 묻고 싶다. 이제 백포도주 같은 햇살이 텅 빈 거리 구석구석 퍼진다. 바로 그 햇살이 그녀의 얼굴을 비추고 그 얼굴을 우수와 용기로 물들이고 있다. 좋아. 다 잘될 거다. 떠나야 할 시간이다. 그녀에게 악수를 청했는지, 아니면 그녀의 양쪽 볼에 입을 맞추었는지 모르겠다. 내가 아는 한, 라틴 아메리카 여자들은 입맞춤을 한 번만 한다. 한쪽 뺨에 입을 한 번 맞춘다. 스페인 여자들은 두 번, 프랑스 여자들은 세 번 입맞춤을 한다. 어린 시절에 나는 프랑스 여자들이 세 번 입을 맞추는 것은 자유와 평등, 박애를 의미한다고 생각하곤 했다. 지금은 그렇지 않다는 걸 알지만, 여전히 그렇게 생각하고 싶어 한다. 그래서 나는 그녀에게 세 번 입을 맞추고, 그녀는 자신도 삶의 어느 순간에 나와 똑같이 생각했다는 듯한 표정으로 나를 쳐다본다. 왼쪽 뺨에 입을 맞추고 나서 오른쪽 뺨에 입을 맞추고, 마지막으로 다시 왼쪽 뺨에 입을 맞춘다. 레메디오스 바로는 나를 쳐다보며 눈빛으로 말한다. 걱정 말아요, 아욱실리오, 당신은 죽지 않아요, 당신은 미치지 않을 거예요, 당신은 대학의 자율성의 깃발을 떠받치고 있어요, 당신은 우리 아메리카 대학들의 명예를 지키고 있어요, 당신에게 일어날 수 있는 최악의 사태는 쇠꼬챙이처럼 마르거나, 헛것이 보이거나, 아니면 발각되는 거예요, 하지만 그런 생각 말아요, 굳세게 버텨요, 가련한 페드리토 가르피아스를 읽고(바보처럼 벌써 다른 책을 화장실로 가져갔을 수도 있겠지요) 당신의 영혼이 단 하루도 에누리 없이 1968년 9월 18일부터 9월 30일까지 자유롭게 시간 여행을 하도록 내버려 둬요. 당신이 해야 할 일은 그게 전부예요.

그때 레메디오스 바로가 문을 닫으며 마지막으로 뚫어져라 내 눈을 응시한다. 나는 그 눈빛에서 추호의 의심도 없이 그녀가 죽었음을 깨닫는다.

10

레메디오스 바로의 집을 나설 때 나의 처지는 몽유병자만도 못했다. 몽유병자들은 항상 자신들의 집으로 돌아가지만 나는 레메디오스 바로의 집으로 돌아가지 못할 것임을 알고 있었기 때문이다. 나는 밤이나, 혹은 이미 날이 훤하게 밝아 오고 있을 때 노천에서 깨어날 것임을 알고 있었다. 사랑 혹은 증오 때문에 선택한 도시의 한복판에서. 그 이상 뭘 더 기대할 수 있었겠는가.

그 어디도 기댈 곳이 없던 1968년 9월에서 앞뒤로 아무렇게나 무질서하게 거슬러 올라가는 나의 기억들은 머뭇거리고 더듬대며 나에게 말한다. 내가 모퉁이에 서서, 멕시코의 온갖 소리들, 심지어는 박제사의 굴에서 막 나온 맹수들처럼 서로 으르렁대는 집들의 그림자 소리에까지도 귀를 기울이며 그 물빛 태양 아래서 계속 기다리기로 결심했다고.

레메디오스 바로의 집의 문이 열리는 것을 볼 때까지, 또 내가 방문하는 동안 침실이나 욕실, 아니면 커튼 뒤에 숨어 있던 여자가 나오는 것을 볼 때까지 시간이 얼마나 지났는지, 시간이 조금 흘렀는지 많이 흘렀는지 모르겠다. 그건 나의 감각들이 시간이 아닌 공간 속에 나를 옴짝달싹 못하게 가두어 두었기 때문이다.

다리가 가늘고 긴 여자였다. 그리고 전혀 의심의 여지가 없었지만, 그녀를 뒤쫓는 동안 예상했던 대로, 나보다 키가 작았다. 물론 그 여자는 키가 컸고, 멕시코인의 표준에 비하면 특히 그랬다. 그래도 여전히 내 키가 더 컸다.

추적하는 나의 위치에서는 단지 그녀의 등과 다리, 이미 말한 것처럼 가녀린 체구, 그리고 머리카락만을 볼 수 있었을 뿐이다. 가볍게 웨이브 진 밤색 머리는 어깨 아래까지 내려왔고 관리를 제대로 하지 않았음에도(감히 불결함과 혼동하는 일은 없겠지만, 관리에 소홀했을 수 있다) 우아함을 잃지 않고 있었다.

실은 그녀의 온몸이 우아함에 휩싸여 있었고 우아함에 젖어 있었다. 그러나 그 우아함이 어디에 존재하는지 콕 집어 말하기는 어려웠다. 평범하면서도 격조 있는 옷차림이었지만 그녀가 걸친 옷들은 누가 봐도 독창적인 것과는 거리가 멀었기 때문이다. 돈 몇 푼만 주면 시장 노점에서 손쉽게 구입할 수 있는 검정색 스커트와 낡아 빠진 크림색 조끼가 전부였다. 반대로 그녀의 구두는 하이힐로 구두 굽은 그리 높지 않았지만 독특한 스타일이어서 나머지 의상과 전혀 어울리지 않았다. 옆구리에는 종잇장이 잔뜩 든 서류철을 끼고 다녔다.

내 예상과 달리 그녀는 버스 정류장에서 걸음을 멈추지 않고 계속 시내 방향으로 걸어갔다. 잠시 뒤에 카페테리아로 들어갔다. 나는 밖에서 대형 유리창을 통해 그녀를 살폈다. 그녀가 한 테이블로 다가가 서류철 안에서 뭔가를 꺼내 보여 주는 것이 보였다. 한 장을 먼저 꺼냈고, 그 뒤에 다른 종잇장을 꺼냈다. 그림이거나 그림의 복제품이었다. 앉아 있던 남자와 여자는 종잇장을 살펴보고는 고개를 가로저었다. 그녀는 그들에게 미소를 짓고는 옆 테이블에서 같은 장면을 연출했다. 결과는 마찬가지였다. 그녀는 포기하지 않고 연달아 다른 테이블로 옮겨 갔고 마침내 카페테리아에 있던 모든 사람들과 얘기를 나누게 되었다. 마침내 그림 한 장을 파는 데 성공했다. 고작 몇 푼 안 되는 돈이어서, 나는 새삼 실제로 상품의 가격을 정하는 주체는 구매자의 의지라는 생각을 하게 되었다. 이윽고 그녀는 카운터로 다가가 웨이트리스와 몇 마디 주고받았다. 그녀가 얘기하고 웨이트리스는 들었다. 아마도 서로 아는 사이인 듯했다. 웨이트리스가 돌아서서 커피를 만들기 시작하자, 그녀는 그 틈을 이용해 카운터에 있던 사람들 쪽으로 고개를 돌리고 삽화를 내보였다. 하지만 이번에는 자리에서 움직이지 않은 채 말했고, 한 사람, 아니 어쩌면 두 사람이 그녀 자리로 다가가 그녀의 보물에 초점 없는 시선을 보냈다.

그녀는 꽉 찬 60세가 틀림없었다. 아주 엉망으로 산 세월이었다. 어쩌면 60세가 넘었을지도 모르겠다. 레메디오스 바로가 죽고 10년이 지나, 다시 말해 1963년이 아닌 1973년에 있었던 일이다.

그때 오한이 느껴졌다. 오한이 나에게 말했다. 이봐 *che*, 아욱실리오(왜냐하면 오한은 멕시코가 아닌 우루과이 것이었기 때문이다),[61] 네가 뒤쫓고 있는 여자, 몰래 레메디오스 바로의 집에서 빠져나온 여자가 진정한 시의 어머니이고 넌 아니야, 네가 발자국 뒤를 따라가고 있는 여자가 어머니이고 넌 아니야, 넌 아니야, 넌 아니라고.

내 생각에는 머리가 지끈거리기 시작했고 눈을 감았던 것 같다. 이미 잃어버리고 없던 치아들이 쿡쿡 쑤시기 시작했고 눈을 감았던 것 같다. 눈을 떴을 때 그녀는 카운터에 앉아 있었다. 달랑 그녀 혼자였다. 그녀는 둥근 의자에 앉아 커피 우유를 마시며 잡지를 읽고 있었다. 아마도 사랑하는 아들의 그림 복제품과 함께 서류철에 보관하고 있던 잡지였을 것이다.

서빙을 하던 여자는 2미터쯤 떨어진 거리에서 카운터에 팔꿈치를 괸 채 꿈꾸는 듯한 시선으로 내 머리 위에 위치한, 창문 너머의 애매한 한 지점을 응시하고 있었다. 이미 몇 개의 테이블이 비워졌고, 다른 테이

---

[61] 〈체*che*〉는 영어의 〈*hey*〉에 해당하는 말로 주로 아르헨티나, 우루과이, 볼리비아, 파라과이 지역에서 사용된다.

블의 사람들은 다시 자신들의 개인적인 용무에 매달려 있었다.

그 순간 나는 깨어 있는 상태에서 혹은 잠시 잠든 사이에 릴리안 세르파스를 뒤쫓고 있었음을 깨달았다. 그리고 그녀의 이야기 혹은 그녀의 이야기 중에서 내가 아는 일부분을 기억해 냈다.

한 시기 동안, 즉 50년대에 릴리안은 어느 정도 알려진 시인이자 빼어난 미모의 여자였을 것이다. 기원이 불분명한 성(姓)은 그리스에서 온 것 같다(나에게는 그렇게 보인다). 헝가리 성처럼 들리기도 한다. 어쩌면 카스티야의 옛 성일 수도 있으리라. 그러나 릴리안은 멕시코 사람이었고 거의 평생을 멕시코시티에서 살았다. 길었던 젊은 시절에 그녀가 많은 애인과 구애자들을 거느렸다는 소문이 돌았다. 그렇지만 그녀는 애인이나 정부를 원하지도, 또 두지도 않았다.

나는 그녀에게 이렇게 말하고 싶었으리라. 릴리안, 그렇게 정부를 많이 두지 말아요. 남자들에겐 대단한 걸 기대할 수 없어요. 당신을 이용해 먹고 나서 한쪽 구석에 던져 버릴 거예요. 하지만 나는 노망난 처녀 같았다. 릴리안은 끌리는 대로 강렬하게 성을 탐닉했고 오직 육체의 쾌락과 그 무렵에 쓰고 있던 소네트의 쾌락에 온몸을 던졌다. 그러나 물론 결과는 좋지 않았다. 어쩌면 좋았을 수도 있다. 내가 무슨 자격으로 그렇게 말하겠는가? 그녀는 정부를 여럿 거느렸었다. 그러나 나는 정부를 둔 적이 거의 없다.

그러나 어느 날 릴리안은 한 남자와 사랑에 빠졌고 그와의 사이에 자식을 하나 두었다. 상대는 코핀이라는 작자였는데 미국인일 수도 있고, 영국인이나 멕시코인일 수도 있다. 아무튼 사실을 말하자면, 그와의 사이에 아들을 하나 두었는데 그 아이의 이름은 카를로스 코핀 세르파스였다. 화가 카를로스 코핀 세르파스.

그 후(얼마나 지나서인지는 모르겠다) 코핀은 종적을 감추었다. 그가 릴리안을 떠났을 것이다. 어쩌면 릴리안이 그를 떠났을 수도 있다. 또 코핀이 사망하자 릴리안은 자기도 죽어야 한다고 생각했지만 아이가 있었고 그래서 죽은 듯이 살아갔을 수도 있다. 이렇게 생각하는 편이 더 낭만적이다. 그러나 그의 빈자리는 곧 다른 남자들이 채웠는데, 릴리안은 여전히 아름다웠고 여전히 남자들과 잠자리에 들어 먼동이 틀 때까지 교성을 질러 대기를 좋아했기 때문이다. 그 사이에 어린 코핀은 성장했고 꼬맹이 때부터 벌써 엄마가 드나드는 곳에 자주 발걸음을 했다. 모두들 그의 총명함에 경탄했고 장차 그가 파란 많은 예술계에서 두각을 나타낼 것이라고 예언했다.

릴리안 세르파스가 아들을 데리고 자주 드나들던 곳은 어디였을까? 그녀가 늘 다니던 곳들로 실패한 늙은 신문 기자들과 스페인 망명자들이 모이던 멕시코시티의 바나 카페테리아였다. 다정다감한 사람들이었지만 엄밀히 말해 감수성 예민한 아이가 자주 접촉할 만한 부류의 사람들은 아니었다.

그 무렵 릴리안은 여러 직업을 전전했다. 비서나 여러 의류 매장의 점원으로 있었고, 한동안 두 곳의 신문사에서 일했으며, 심지어는 삼류 라디오 방송국에 근무하기도 했다. 그러나 어떤 곳에서도 그리 오래 버티지 못했다. 그녀가 나에게 사뭇 슬픈 어조로 털어놓은 바에 따르면, 그녀는 시인이었고 밤 생활이 그녀에게 손짓했으며, 그런 상황에서 규칙적으로 일할 수 있는 사람은 없었기 때문이다.

당연히 나는 그녀를 이해했고 그녀와 생각이 같았다. 물론 공감을 표하는 나의 목소리와 몸짓에선 나도 모르게 자동적으로 역겨운 우월감의 분위기가 풍겼다. 마치 그녀에게 이렇게 말하는 듯했다. 릴리안, 당신 말에 동의해요. 하지만 결국 유치한 짓으로 보여요. 당신이 상냥하고 유쾌하다는 건 부정하지 않지만, 아무도 그런 경험을 위해서 나에게 기대진 않아요.

유해한 부카렐리 거리와 대학을 번갈아 다녀서 내가 더 낫다는 듯이. 실패한 늙은 신문 기자들뿐만 아니라 젊은 시인들도 알고 그들과 자주 어울려서 내가 더 낫다는 듯이. 사실은 더 나을 게 없다. 사실 젊은 시인들도 대체로 종국에는 실패한 늙은 신문 기자가 되기 마련이다. 그리고 사랑하는 나의 대학은 바로 그 아래 부카렐리 거리의 하수도에서 때를 기다리고 있었다.

이것도 그녀가 들려준 얘기지만, 어느 날 밤 그녀는 카페 키토에서 한 남미인 망명자를 만났고 가게 문을 닫을 때까지 그와 대화를 나누고 있었다. 그 뒤에 두 사람은 릴리안의 집으로 갔고 카를리토스 코핀이 깨지 않도록 소리를 내지 않고 함께 잠자리에 들었다. 그 남미인은 에르네스토 게바라였다. 믿을 수 없어요, 릴리안. 내가 그녀에게 말했다. 맞아요, 그였어요. 내가 그녀를 처음 만났을 때 가지고 있던 예의 그 말투로 릴리안이 말했다. 고장 난 인형의 아주 가는 목소리였다. 만약 유리 학사[62]가 불운한 황금 세기[63]가 한창일 때 실성한 동시에 멀쩡하게 제정신이었다면, 그리고 남자가 아니라 여자였다면 그가 가졌을 법한 목소리였다. 그런데 침대에서 체 게바라는 어땠어요? 내가 무엇보다 먼저 알고 싶은 것이었다. 릴리안이 뭐라고 말했지만 알아듣지 못했다. 뭐라고요? 내가 재차 물었다. 뭐라고 했어요? 뭐라고요? 보통이었다고요. 릴리안이 들고 있던 서류철의 주름에 눈길을 주며 말했다.

거짓말이었을 수도 있다. 내가 릴리안을 알게 되었을 때는 아들의 그림 복제품을 파는 것이 그녀의 유일한 관심사인 것처럼 보였다. 시에는 무관심했다. 그녀는 카페 키토에 아주 느지막한 시각에 도착해서는 젊은 시인들의 테이블이나 실패한 늙은 신문 기자들(모두 과거에 그녀의 정부들이었다)의 테이블에 앉아 귀를 쫑긋 세우고 일상적인 대화에 귀를 기울였다. 누가

---

62 세르반테스의 『모범 소설』에 들어 있는 단편 「유리 학사 El licenciado Vidriera」의 주인공으로 자신이 유리로 만들어졌다고 믿는 인물.

63 세르반테스, 로페 데 베가, 칼데론 데 라 바르카 등과 함께 스페인 문학이 전성기를 구가하던 16~17세기를 가리킨다.

그녀에게 말을 걸면, 가령, 체 게바라에 대해 말해 줘요, 라고 하면 그녀는 보통이었어요, 라고 대답하곤 했다. 그게 전부였다. 한편, 실패한 늙은 신문 기자 몇몇은 카페 키토에서 체와 카스트로를 만난 적이 있었고, 그들이 멕시코에 머무르는 동안 함께 자주 어울렸다. 아마도 그들은 릴리안이 체와 〈잠자리를 했다〉는 것을 알지 못했을 것이다. 또 릴리안이 오로지 자신들 그리고 밤늦은 시간에 부카렐리 거리에 자주 모습을 드러내지 않는 몇몇 거물들하고만 한 침대에 누웠다고 믿었다. 그러나 체 게바라가 잠자리에서 보통이었다는 릴리안의 말을 듣고도 이상하게 여기는 사람은 아무도 없었다. 아무것도 특별할 게 없었다.

나는 그때 체 게바라가 침대에서 어땠는지 궁금해했다는 것을 인정한다. 물론 보통이었을 것이다. 하지만 어떻게 보통이었을까?

어느 날 밤 내가 릴리안에게 불쑥 말했다. 이 아이들은 체가 침대에서 어땠는지 알 권리가 있어요. 나의 광기는 밑도 끝도 없었지만 그녀에게도 그 광기를 터뜨렸다.

릴리안이 구겨지고 주름진 인형 가면을 쓰고 나를 바라보았던 것을 기억한다. 가면으로부터 매 순간 바다의 여왕이 우레의 무리를 거느리고 막 나타날 것처럼 보였지만, 결코 아무 일도 일어나지 않았다. 이 아이들은, 이 아이들은...... 그녀는 이렇게 말하고는 그 순간 두 명의 젊은이가 이동식 비계(飛階)에 올라가 페인트칠을 하고 있던 카페 키토의 천장을 쳐다보았다.

릴리안은 그런 여자였다. 위대한 카탈루냐 화가 레메디오스 바로의 꿈을 꾼 후부터, 이곳에선 결코 아무 일도 일어나지 않는다고 속삭이거나 소리치거나 아니면 침을 뱉는 것처럼 보이는 일들이 항시 일어나는 구제 불능의 멕시코시티 거리들의 꿈에 이르기까지 내가 뒤쫓기 시작한 그녀는 그런 여자였다.

그렇게 나는 1973년 혹은 아마도 1974년 첫 몇 달 동안 다시 한 번 카페 키토에 있었다. 밤 열한 시에 릴리안이 카페의 조명과 연기 사이로 도착하는 게 보였다. 그녀는 평소처럼 연기에 싸여 도착한다. 그 연기와 카페 내부의 연기는 하나로 합쳐지기 전에 거미처럼 서로를 바라본다. 뒤섞인 연기에서는 진한 커피향이 풍겼는데, 키토에는 커피 볶는 기계가 있는 데다 부카렐리 거리에서 이탈리아제 에스프레소 기계를 가지고 있는 몇 안 되는 곳들 중의 하나였기 때문이다.

그때 나의 친구들인 젊은 멕시코 시인들은 자리에서 일어나지 않은 채 그녀에게 인사를 건넨다. 그들은 말한다. 안녕하세요, 릴리안 세르파스. 어떻게 지냈어요, 릴리안 세르파스. 심지어는 가장 덜 떨어진 사람들조차 안녕하세요, 릴리안 세르파스, 라고 말한다. 그녀에게 인사를 건네는 행위를 통해 여신이 카페 키토의 천장에서(그곳에선 두 명의 대담한 젊은 일꾼들이 아슬아슬하다고밖에 묘사할 수 없는 균형 상태에서 일에 열중하고 있다) 내려와 그들의 가슴에 시의 명예 훈장이라도 걸어줄 것처럼 말이다. 그러나 실제로 일어나는 일은, 그녀에게 그렇게 인사할 때 그들이 하고 있는 유일한 일은 자신들의 젊고 멍청한 머리를 도마 위에 올려놓는 것이다(하지만 나는 머릿속으로 이렇게 생각만 할 뿐 말로 표현하지는 않는다).

그러면 릴리안은 마치 제대로 알아듣지 못했다는 듯이 걸음을 멈추고 그들이 있는(그리고 내가 있는) 테이블을 찾는다. 우리를 발견하고는 다가와 인사를 건네며 내친김에 그림 복제품을 팔아 보려고 한다. 나는 다른 쪽을 쳐다본다.

나는 왜 다른 쪽을 쳐다볼까?

왜냐하면 그녀의 사연을 알기 때문이다.

그래서 릴리안이 자리에 앉거나 선 채 모든 사람들, 대체로 테이블에 아무렇게나 빙 둘러앉은 대여섯 명의 젊은 시인들과 차례로 인사를 나누는 동안 나는 다른 쪽을 쳐다본다. 그녀가 나에게 인사를 할 때 나 역시 바닥을 쳐다보던 것을 멈추고 화가 날 정도로(그러나 실은 고개를 더 빨리 돌릴 수 없다) 천천히 고개를 돌려 그녀에게 공손하게 인사를 건넨다.

그렇게 시간이 지나가고(릴리안은 우리가 돈도 없고 살 의향도 없다는 걸 알기 때문에 한 점이라도 그림을 팔려고 들지 않지만, 원하는 사람에게는 기꺼이 복제품들을 보여 준다. 복제품들은 엉성하게 제작되지 않고 광택지에 인쇄된 흥미로운 것들이다. 적어도 이러한 사실은 은자이거나 걸인들인 카를로스 코핀 세르파스 또는 그의 어머니의 독특한 사업 감각에 대해 설명해 준다. 하지만 상상하고 싶지 않은 어떤 영감의 순간에 그들은 오로지 자신들의 예술만으로 살아가기로 결정한다) 사람들이 서서히 자리를 뜨거나 서로 테이블을 바꿔 앉기 시작한다. 왜냐하면 키토에서는 밤이 무르익으면 누구랄 것도 없이 모두가 서로 알게 되고 누구나 적어도 지인들과 몇 마디라도 얘기를 나누고 싶어 하기 때문이다. 나는 어느 순간 그 끝없는 순환의 한복판에서 조난자가 되어 반쯤 채워진 커피 잔을 바라보며 홀로 남아 있다. 다음 순간(그러나 거의 지체 없이) 정체를 알 수 없는 그림자가, 얼마나 모호한지 카페의 모든 그림자들을 자극하는 것처럼 보이는 그림자가, 마치 자신의 중력장은 무기력한 대상들만을 끌어당긴다는 듯이 나의 테이블로 옮겨 와서 내 옆에 앉는다.

어떻게 지내요, 아욱실리오? 릴리안 세르파스의 유령이 말한다.

그저 그래요. 내가 대답한다.

바로 그 순간 시간이 다시 멈춘다. 시간은 결코 멈추지 않거나, 아니면 처음부터 멈춰져 있으므로 진부한 형상이다. 가령, 그 순간 오한이 시간의 연속성을 방해한다고 가정하거나 시간이 두 다리를 쫙 벌리고 몸을 웅크린 채 가랑이 사이로 머리를 들이밀고 엉덩이 바로 몇 센티미터 아래서 나를 거꾸로 쳐다보며 실성한 한쪽 눈으로 윙크를 한다고 가정해 보자. 아니면 멕시코시티의 보름달이나 상현달 혹은 어두운 하현달이 인문대학 4층 여자 화장실의 타일 위를 미끄러진다고 가정해 보자. 아니면 카페 키토에 장례식장 같은 침묵이 흐르고 내 귀엔 릴리안 세르파스의 궁전에 거처하는 유령들의 속삭임만 들려오며, 다시 한 번 내가 68년에 있는지, 74년에 있는지, 80년에 있는지, 아니면 마침내 살아생전에 내가 결코 보지 못할 행복한 2000년을 향해 난파선의 그림자처럼 미끄러지고 있는지 알지 못한다고 가정해 보자.

어쨌든 시간이 흐르면 무슨 일인가 일어날 것이다. 나는 가령 공간이 아닌 시간 속에서 그 어떤 일이 일어날 것임을 알고 있다. 또 그것이 처음이 아니라 이미 일어났던 일임을 예감한다. 물론 시간에 관한 한 어떤 의미에서 모든 것이 처음으로 일어나며 여기에서 경험은 아무 쓸모가 없다. 그런데 경험이란 대체로 속임수이므로 결국은 이 편이 더 좋은 일일 것이다.

그때 릴리안이(그녀는 이미 이 모든 일을 다 겪었기 때문에 이 이야기에서 상처 입지 않은 유일한 인물이다) 평생에 걸쳐 처음이자 마지막으로 다시 한번 나에게 부탁을 한다.

그녀가 말한다. 시간이 늦었어요. 그녀가 말한다. 참 예쁘네요, 아욱실리오. 그녀가 말한다. 종종 당신 생각을 해요, 아욱실리오. 나는 그녀를 바라보고 졸리는 듯한 두 명의 젊은이가 엉성하기 짝이 없는 비계에 올라가 계속 일하거나 일하는 시늉을 하고 있는 카페 키토의 천장을 바라본다. 그러고 나서 다시 그녀를 바라본다. 그녀는 내 얼굴이 아니라 그녀의 크고 두툼한 카페 오레 잔을 응시하며 말한다. 그 사이에 나는 한 귀로는 그녀의 말을 듣고 다른 귀로는 카페 키토의 단골들이 비계 위의 젊은이들에게 던지는 농담에 귀를 기울인다. 남자들이 말을 시작할 때 의례적으로 던지는 상투적인 말일 것이다. 추측컨대 다정한 척하지만 실은 굵은 붓을 든 두 명의 페인트공뿐만 아니라(배관공이나 전기공일지도 모르겠다. 단지 그들을 보았을 뿐이다. 달이 여자 화장실의 타일 위를 하나하나 미친 듯이 가로지르는 동안 아직 그들의 모습을 볼 수 있다. 마치 달의 이러한 항로가 일체의 전복 가능성을 붙잡아 둘 것만 같았다. 끔찍한 생각이다) 고함치며 충고하는 우리들 또한 삼켜 버릴 재앙의 전조일지도 모른다.

그때 릴리안이 말한다. 당신이 내 집에 가줘야겠어요. 그녀가 말한다. 난 오늘 밤 집에 들어가지 못해요. 그녀가 말한다. 당신이 대신 가서 카를로스한테 내일 일찍 들어갈 거라고 말해 줘요. 맨 먼저 머리에 떠오른 생각은 딱 잘라 거절하는 것이다. 그런데 그때 릴리안이 내 얼굴을 쳐다보며 미소 짓는다(당연히 그래야 하지만 그녀는 말할 때도 웃을 때도 나처럼 입을 가리지 않는다). 나는 말문이 막힌다. 멕시코 시의 어머니, 멕

64 Maximilian I(1832~1867). 멕시코 제국의 황제이자 오스트리아의 대공으로, 프랑스 황제 나폴레옹 3세의 조카이다.
65 1948년 가브리엘 바르가스에 의해 창작된 연재만화. 멕시코시티의 하층 계급 일가가 겪는 모험을 다루고 있으며 지금도 매주 화요일 발행되고 있다.
66 부론 가의 가장이자 연재만화의 주동 인물로 멕시코인의 영혼과 창의성을 대변한다.

시코 시가 가질 수 있었던 최악의 어머니, 그러나 결국 단 한 사람의 진정한 어머니 앞에 있기 때문이다. 그때 내가 말한다. 알았어요. 집이 그렇게 멀지 않다면, 주소를 알려 주시면 가서 화가 카를로스 코핀 세르파스에게 어머니가 밤새 밖에 계실 거라고 전할게요.

11

친구들이여, 그날 밤 나는 릴리안 세르파스의 집 쪽으로 걸어가고 있었다. 때로는 기하학적 형태의 구멍으로 가득 찬 멕시코시티의 검은 바람을 닮았고, 또 때로는 신기루라는 것을 유일한 속성으로 가진 멕시코시티의 비굴한 고요를 닮은 미스터리가 발길을 재촉했다.

이상하게 들리겠지만, 난 카를로스 코핀 세르파스를 알지 못했다. 사실 아무도 그를 알지 못했다. 더 정확히 말하자면, 몇몇 소수의 사람들이 그를 알았고 그들이 그의 전설, 즉 어머니의 집에 유폐되어 살고 있는 실성한 화가에 대한 시시한 전설을 꾸며 냈다. 그 집은 때로는 어느 막시밀리안 황제[64] 추종자의 봉안당에서 꺼내온 것처럼 먼지투성이의 육중한 가구들로 장식된 것 같았고, 또 어떤 때는 오히려 부론 가(家)[65]의(아, 무적의 부론 가 사람들, 그들에게 오래도록 신의 가호가 있기를. 멕시코에 도착했을 때 내가 처음 받은 아첨은 보롤라 타쿠체[66]를 빼닮았다는 말이었는데, 이는 사실과 크게 다르지 않다) 집을 충실하게 복제한 빈민가의 공동 주택처럼 보였다. 서글프게도 일상에서 흔히 일어나듯이, 현실은 정확히 둘의 중간 지점이었다. 쇠락한 궁전도 초라한 공동 주택도 아니었고, 레푸블리카 데 엘살바도르 거리의 산 펠리페 네리 교회 근처에 위치한 낡은 4층 건물이었다.

그 당시에 카를로스 코핀 세르파스는 분명 마흔이 넘은 나이였고, 내가 아는 사람 중에 그를 오랫동안 봐 온 사람은 아무도 없었다. 그의 그림에 대해 나는 어떤 견해를 가졌었나? 솔직히 말해 썩 마음에 들지는 않았다. 그가 주로 그린 것은 거의 항상 뼈쩍 마른 데다 병색이 도는 인물들이었다. 이 인물들은 공중을 날거나 땅에 묻혀 있었는데, 때로는 그림을 바라보는 사람의 눈을 응시하며 양손으로 신호를 보내기 일쑤였다. 가령, 손가락 하나를 입술에 대고 조용히 하라고 요구했다. 또 손으로 눈을 가리거나 손금 없는 손바닥을 보여 주기도 했다. 내가 말할 수 있는 건 그게 전부다. 난 예술엔 젬병이다.

어쨌든 나는 틀림없이 거기, 릴리안의 집 현관 앞에 있었고, 분명 멕시코 미술 시장에서 가장 헐값인 그녀 아들 코핀의 그림을 생각하면서, 동시에 코핀이 문을 열어 주었을 때 무슨 말을 할까 궁리하고 있었다.

릴리안은 맨꼭대기 층에 살고 있었다. 나는 초인종을 여러 번 눌렀다. 아무도 응답하지 않았다. 나는 잠시 코핀 세르파스가 틀림없이 근처 어느 바에 있을 거라고 생각했다. 그는 또한 구제 불능의 알코올 의존자로 소문이 자자했기 때문이다. 이제 막 떠나려던 참이었다. 그런데 그때 정확히 설명할 수 없는 무언가가, 어쩌면 직관이거나, 아니면 아마도 밤 시간인 데다 내내 걸어오면서 커진 타고난 호기심이 나로 하여금 길을 가로질러 맞은편 보도에 자리 잡도록 부추겼다. 4층 창문은 불이 꺼져 있었다. 그러나 몇 초 후에 나는 마치 멕시코시티의 거리에는 불지 않는 바람이 어두컴컴한 그 집의 실내에 흐르고 있는 것처럼 커튼이 움직이는 게 보인다고 생각했다. 도저히 더 이상 참을 수 없었다.

나는 길을 건너 다시 한 번 초인종을 눌렀다. 문이 열리기를 기다리지 않고 맞은편 보도로 돌아가 창문을 지켜보았다. 커튼이 열리는 게 보였다. 이번에는 그림자를 볼 수 있었다. 위에서 나를 내려다보는 남자의 실루엣이었다. 이번에는 내가 볼 수 있다는 것을 알면서도 전혀 개의치 않는 것 같았다. 그때 나는 그 그림자는 카를로스 코핀 세르파스이고 나를 쳐다보며 내가 누구인지, 오밤중에 거기에서 뭘 하고 있는지, 내가 원하는 게 뭔지, 어떤 불길한 소식을 가져왔는지 의아해하고 있다는 것을 알아챘다.

잠시 나는 그가 문을 열어 주지 않을 것이라고 확신했다. 릴리안의 아들이 아무도 만나지 않고 지내는 철저한 은둔자라는 건 공공연한 사실이었다. 마찬가지로 아무도 그를 찾아가고 싶어 하지 않았다. 어찌 됐든 묘한 상황이었다.

나는 그에게 손을 흔들었다.

그다음에 위쪽의 창문을 쳐다보지 않고 최대한 확신을 가장하며 네 번째 또는 다섯 번째 길을 건넜다. 몇 초 후에 딸깍 소리를 내며 문이 열렸고 그 울림이 계속 현관에 남아 있었다. 나는 조심스럽게 4층까지 올라갔다. 계단은 불빛이 희미했다. 4층 층계참의 반쯤 열린 문 뒤에서 카를로스 코핀 세르파스가 나를 기다리고 있었다.

난 왜 그에게 말을 전해 주고 곧장 돌아서서 귀가하지 않았는지 모르겠다. 코핀은 키가 컸다. 어머니보다 더 컸다. 비록 지금은 뚱뚱했지만, 아니 오히려 부은 것처럼 보였지만 젊은 시절에는 마르고 풍채가 좋았다는 것을 알 수 있었다. 이마는 넓었다. 그러나 지적이고 분별 있는 사람임을 암시하는 종류의 넓음이라기보다는 패배 후 모두가 떠난 전쟁터처럼 넓었다. 얼굴의 나머지 부분은 완전히 실패작이었다. 귀를 덮는 병색이 완연하고 듬성듬성한 머리, 둥근 지붕 모양이라기보다는 움푹 꺼진 두개골, 의심과 따분함이 뒤섞인 표정으로 나를 응시하는 파리한 눈. 그 모든 것에도 불구하고(나는 천성적으로 낙천주의자다), 그는 매력적으로 보였다.

무척 피곤하네요. 내가 말했다. 그는 들어오라고 권하지도 않고 잠시 나를 쳐다보더니 누구냐고 물었다. 릴리안의 친구예요. 내가 대답했다. 이름은 아욱실리오 라쿠투레이고 대학에서 일해요.

실은 그 당시에 나는 대학에서 어떤 일도 하고 있지 않았다. 엄밀히 말해, 다시 실직 상태였다. 그러나 코핀의 면전에서 실업자 신세라고 실토하는 것보다는 인문대학에서 일하고 있다고 말하는 편이 더 〈위안이 되는〉 것 같았다. 누구에게 위안이 되었지? 글쎄, 두 사람 모두에게 위안이 되었다. 나로서는 그런 식으로 기댈 수 있는 일종의 상상적인 어깨를 만들 수 있었다. 또 그로서는 오밤중에 친애하는 지독한 엄마보다 약간 더 젊은 판박이 여자가 등장하는 것을 보지 않아도 되었기 때문이다. 그걸 인정하는 건 가슴 아픈 일이다. 알고 있다. 그러나 나는 그렇게 말하고 나서 그의 눈을 똑바로 쳐다보며 그가 비켜서기를 기다렸다.

그때 코핀은 불쑥 찾아온 애인을 맞는 부루퉁한 소년처럼 나에게 들어오겠냐고 묻지 않을 수 없었다. 물론 나는 들어가고 싶었다. 나는 들어갔고 릴리안의 집 실내에 아직 남아 있는 불빛을 보았다. 아들의 그림 복제품 꾸러미가 그득한 작은 응접실이 있었다. 그리고 거실로 향하는 어두침침한 짧은 복도가 이어졌다. 그 방에선 이미 전직 시인과 전직 화가의 빈한한 삶을 감출 수 없었다. 그러나 나는 가난을 혐오하지 않는다. 라틴 아메리카에서는 아무도 가난을 부끄러워하지 않는다(아마도 칠레인들은 예외일 것이다). 다만 이 가난에는 무언가 깊은 나락 같은 특성이 있었을 뿐이다. 릴리안의 집에 들어가는 것은 마치 대서양의 깊은 협곡에 몸을 던지는 것과 같았다. 그 기만적인 고요 속에서, 한때 삶이었고, 가족이었고, 날조하거나 양자로 삼은 나의 수많은 자식들과 달리 진짜 〈어머니〉와 〈아들〉이었던 것의 잔해들이 시커멓게 그을리고 이끼나 플랑크톤으로 뒤덮인 채 침입자를 주시하고 있었다. 검은 구멍에서 나온 것처럼 속삭이듯 릴리안의 애인들에 대해, 카를리토스 코핀 세르파스의 초등학교 시절에 대해, 아침 식사와 저녁 식사에 대해, 악몽과 낮에 릴리안이 커튼을 열어젖힐 때 창문으로 들어오는 햇살에 대해 얘기하는, 벽에서 발산되는 자취의 섬세한 목록 혹은 반(反)목록. 지금은 커튼이 더러워 보였다. 언제나 바지런한 나라면 당장 커튼을 걷어 부엌 싱크대에서 손으로 빨았을 것이다. 하지만 나는 뜬금없이 일을 벌여서 화가의 시선을 산란하게 하고 싶은 생각이 전혀 없었으므로 커튼을 내리지 않았다. 내가 계속 얌전하게 있자 시간이 흐르면서 그의 시선이 점차 누그러졌다. 그의 요새에 내가 나타난 것을 일시적으로 받아들이는 듯했다.

여기까지가 내가 말할 수 있는 전부다. 나는 그 집에 머물러 있고 싶어서 계속 말없이 가만히 있었다. 그러나 나의 눈은 모든 것을 염탐하고 있었다. 바닥에 닿을 정도로 푹 꺼진 소파, 종잇장과 냅킨, 더러운 컵이 널려 있는 앉은뱅이 탁자, 벽에 걸려 있는 먼지를 뒤집어쓴 코핀의 그림들, 변덕스러운 듯 무모하고 냉혹하게 어머니 방과 아들 방, 그리고 욕실 쪽을 향해 있는 복도. 나는 양해를 구하고 나서, 코핀이 자기 자신이나 제2의 코핀, 아니 심지어 제3의 코핀과 신중하게 숙의하는 것을 기다렸다가 욕실로 향했다. 욕실은 거실과 전혀 다르지 않았다. 나는 어두운 복도를 걸어가면서 (릴리안의 집에선 모든 복도가 어두웠다) 거울이 없을 거라고 잘못 생각했다. 나의 착각이었다. 욕실에는 거울이 있었다. 게다가 크기나 세면대 위의 걸려 있는 위치 모두 지극히 정상적인 거울이었다. 나는 소변을 보고 나서 다시 한번 거울의 수은에 홀쭉한 얼굴과 페이지보이 스타일의 금발 머리, 그리고 합죽이 미소를 유심히 비춰 보았다. 친구들이여, 분명 낯선 발길이 닿은 지 오래되었을 릴리안 세르파스의 집 욕실에서 나는 행복을, 단순히, 그 집의 기름때 밑에 숨겨져 있을 행복을 생각하고 있음을 깨달았던 것이다. 누구든 행복하거나 행복이 가까이 있음을 예감할 때면 대담하게 거울에 얼굴을 비춰 보기 마련이다. 아니 사실은, 행복하거나 운명적인 행복을 느낄 때면 긴장을 늦추고 거울을 받아들이는 경향이 있다. 호기심 때문이거나, 아니면 친프랑스적인 몬테비데오 사람들이 말하듯이(신께서 그들에게 자투리 건강이라도 허락하시길) 몸 안에서 쾌감을 느끼기 때문일 것이다. 그래서 릴리안과 코핀의 욕실 거울에 내 모습을 비춰 보았다. 친구들이여, 거울에 비친 모습은 나의 마음속에 상반된 감정을 불러일으켰다. 한편으로, 내가 거울에서 똑똑히 보고 있는 모습은 웃음을 터뜨리게 할 수 있었다. 피부는 피로와 술기운 때문에 살짝 불그스레했지만 눈은 제법

초롱초롱했다(밤을 새우면 내 눈은 애처롭게 고대하던 공상적인 저축을 위한 동전이 아니라 이젠 아무것도 의미가 없는 미래의 화재의 불의 동전들을 수집하는 돼지 저금통의 두 구멍이 된다). 코핀 세르파스의 야간 작품 전시회를 감상하기에 안성맞춤인 반짝이는 초롱초롱한 눈이었다. 그러나 다른 한편, 나는 나의 입술을 보았다. 미세하게 떨고 있는 가련한 작은 입술. 마치 나에게 이렇게 말하는 듯했다. 미친 짓 하지 마, 아욱실리오. 머릿속으로 무슨 생각을 하는 거야? 지금 당장 옥탑방으로 돌아가. 릴리안과 그녀의 악마 같은 아들은 잊어버려. 레푸블리카 데 엘살바도르 거리를 잊어. 비정상적인 생활과 반물질(反物質), 멕시코와 라틴 아메리카의 검은 구멍들, 그리고 한때는 삶으로 통하는 길을 찾고자 했으나 지금은 단지 죽음으로 이끌 뿐인 그 모든 것들로 지탱되는 이 집을 잊어.

이윽고 나는 거울 속의 내 모습을 바라보기를 멈추었다. 눈가에서 눈물이 두 방울, 어쩌면 세 방울 흘러나왔다. 아, 눈물에 대해 골몰하며 얼마나 많은 밤을 지새웠던가. 그러나 그때마다 얼마나 빈약한 결론에 이르렀던가.

그 뒤에 나는 거실로 돌아갔다. 코핀이 아직 그 자리에 서서 허공의 한 지점을 바라보고 있었다. 내가 복도에서 나오는(마치 우주선에서 나오는 사람처럼) 소리를 들었을 때 고개를 돌려 나를 쳐다보았지만, 불청객인 나를 쳐다보는 게 아니라 바깥 세계의 삶을 응시하고 있음을 곧바로 알 수 있었다. 그는 바깥 세계를 등지고 살아왔고 당당하게 무관심을 가장했지만 바깥 세계의 삶은 산 채로 그를 갉아먹고 있었다. 그때 나는 욕구보다는 고집으로 배수의 진을 쳤다. 그러고는 아무도 권하지 않았지만 모서리가 해진 소파에 앉아, 그날 밤 집에 들어오지 않을 것이고 걱정하지 말라는, 그리고 이튿날 첫새벽에 귀가할 거라는 릴리안의 말을 되풀이했다. 이어서 몇 마디 나 자신의 말을 덧붙였다. 시내에 인접해 있으면서도 한적하고 조용한 거리에 위치한 집의 매력적인 입지에 대한 진부한 생각으로 엄밀히 말하면 찾아온 이유와 관련이 없었다. 내친김에 그의 작품이 몇몇 사람들에게 불러일으키는 관심에 대해 알려 주는 것도 나쁘지 않을 것 같았다. 나는 그의 어머니 덕분에 알게 된 그의 그림이 흥미로워 보인다고 말했다. 〈흥미롭다〉라는 말은 지루하다는 걸 인정하고 싶지 않은 영화를 묘사할 때나 한 여자의 임신에 대해 말할 때 사용되는 말로 형용사 같지 않은 형용사다. 그러나 〈흥미롭다〉라는 말은 또한 미스터리의 동의어거나 동의어일 수 있다. 그리고 나는 미스터리에 대해 말하고 있었다. 결국 내가 말하고 있던 것은 바로 그것이었다. 난 코핀이 이해했다고 생각한다. 왜냐하면 그가 망명자의 눈으로 다시 나를 쳐다보고 나서 의자를 잡아 (한순간 나는 내 머리 위로 의자를 던질 거라고 생각했다) 등받이의 막대를 손으로 움켜쥐고 거꾸로 걸터앉았기 때문이다. 마치 미니멀리스트 죄수 같았다.

그 순간 이후 나는 마치 멀리서 사냥철의 시작을 알리는 총성을 들은 것처럼, 생각나는 대로 아무 말이나 지껄여 댄 것으로 기억한다. 마침내 말이 바닥났다. 이따금씩 코핀은 막 잠이 들 것처럼 보였다. 또 때로는 그의 손마디에 잔뜩 힘이 들어갔다. 손마디가 터질 것만 같았고, 그와 나 사이를 가르고 있는 의자 등받이가 산산이 깨지고 부서져 날아갈 것만 같았다. 하지만 이미 말한 대로 기회가 주어졌을 때 말이 바닥났다.

머지않아 먼동이 터 올 시각이었을 것이다.

그때 코핀이 말을 꺼냈다. 그는 에리고네 이야기를 아는지 물었다. 에리고네요? 아니, 몰라요. 하지만 들어 본 기억이 있어요. 나는 실수하고 있는 건 아닌지 걱정하며 거짓말을 했다. 잠시 침통해져서 나는 옛사랑에 대해 얘기할 모양이라고 생각했다. 할 말이 동나고 아침이 밝아 올 무렵이면 누구나 옛사랑 얘기를 털어놓기 마련이다. 그러나 결국 에리고네는 코핀의 옛사랑이 아니고 그리스 신화 속 인물로 아이기스토스와 클리타임네스트라의 딸이라는 사실이 밝혀졌다. 아는 이야기였다. 나는 그 이야기를 알고 있었다. 아가멤논이 트로이에서 돌아왔을 때 아이기스토스와 클리타임네스트라는 그를 살해하고 나서 결혼한다. 아가멤논과 클리타임네스트라의 자식들인 엘렉트라와 오레스테스는 아버지의 원수를 갚고 왕국을 되찾기로 결심한다. 그래서 그들은 아이기스토스와 자신들의 어머니를 살해해야 했다. 오싹한 이야기다. 내가 알고 있는 건 거기까지였다. 그러나 코핀 세르파스는 더 멀리까지 나갔다. 그는 클리타임네스트라와 아이기스토스의 딸이자 오레스테스의 배다른 여동생인 에리고네에 대해 말했다. 그는 에리고네가 그리스에서 가장 미모가 뛰어난 여인이라고 했다. 그녀의 어머니는 다름 아닌 절세미인 헬레나의 자매였던 것이다. 그는 오레스테스의 복수에 대해 이야기하며 영적인 헤카톰베로 표현했다. 헤카톰베가 어떤 의미인지 알아요? 나는 그 단어를 핵전쟁과 동일시했다. 그래서 아무 대답도 하고 싶지 않았다. 그러나 코핀이 집요하게 물고 늘어졌다. 대참사요, 대참사 아니에요? 내가 말했다. 아니요, 신에게 황소 백 마리를 동시에 제물로 바치는 제사를 의미해요. 코핀이 말했다. 백을 의미하는 그리스어 헤카톤*hekaton*과 황소를 뜻하는 부스*bous*에서 왔지요. 고대에는 오백 마리의 황소를 제물로 바쳤다는 기록도 있어요. 상상할 수 있어요? 그가 물었다. 그래요, 어떨지 상상할 수 있어요. 내가 대답했다. 황소 백 마리 혹은 오백 마리의 희생. 틀림없이 멀리서도 피 냄새가 진동했겠지요. 참석자들은 무수한 죽음에 둘러싸여 현기증을 느꼈을 테고요. 그래요, 상상이 돼요. 내가 말했다. 그런데 오레스테스의 복수는 그것과 비슷해요. 코핀이 말했다. 모친 살해의 두려움, 수치 그리고 공포. 그가 말했다. 돌이킬 수 없는 모친 살해. 그가 말했다. 그런 공포의 한가운데서 클리타임네스트라와 아이기스토스의 젊은 딸인 완벽한 절세미인 에리고네가 이지적인 엘렉트라와 이름의 기원이 된 영웅 오레스테스를 응시하고 있다.

이지적인 엘렉트라와 이름의 기원이 된 영웅 오레스테스? 나는 잠시 코핀이 나를 놀리고 있다고 생각했다.

그러나 전혀 그렇지 않았다. 사실 코핀은 내가 그 자리에 없는 것처럼 이야기하고 있었다. 그의 입에서 한마디 한마디 말이 나올 때마다 나는 레푸블리카 데 엘살바도르 거리의 집에서 점점 더 멀어지고 있었다. 그러나 아주 역설적이게도 동시에 나의 존재가 더 분명해졌다. 마치 부재가 나의 존재를 재확인하거나, 아니면 완벽한 에리고네의 용모가 보이지 않는, 혹은 세파에 찌든 나의 용모를 찬탈하고 있는 것 같았다. 그러므로 한편으론 내가 사라지고 있었지만, 다른 한편으론 내가 사라졌을 때 나의 그림자가 에리고네의 용모를 취했다. 코핀은 나의 근심스러운 표정은 아랑곳하지 않고 한담처럼, 오지랖 넓은 사람처럼(이런 유의 이야기를 좋아하는 훌리오 토리[67]라면 이렇게 말했을 것이다) 말을 술술 풀어내고 있었다. 에리고네는 그의 말에 소환되어 그곳, 릴리안의 집 낡은 거실에 존재했다. 왜냐하면 그날 밤 그를 떠나고 싶은 마음이 없었는데도 나는 그가 깊이 들어가고 있던 길이 어쩌면 어머니의 빈자리나 그 빈자리를 채우지 못하는 나의 예기치 않

---

67 Julio Torri(1889~1970). 멕시코의 작가로 1910년대 멕시코에서 시작된 지식인들과 작가, 철학자들의 모임 〈아테네오 데 라 후벤투드 Ateneo de la Juventud〉(〈젊음의 학당〉이라는 뜻)의 일원으로 활동했다. 주로 산문 형식의 글을 썼으며 당대 최고의 문장가 중 한 사람으로 평가된다.

은 출현이 초래한 신경 쇠약의 서두일 수도 있다는 것을 깨달았기 때문이다.

그러나 코핀은 이야기를 계속했다.

그래서 나는 아이기스토스를 살해한 뒤에 오레스테스가 자신을 왕으로 선포했고 아이기스토스의 추종자들은 유랑자 신세가 되어야 했다는 것을 알게 되었다. 하지만 에리고네는 왕국에 남았다. 부동의 에리고네. 오레스테스의 공허한 시선 앞에서 꼼짝 않는 에리고네. 코핀이 말했다. 그녀의 절세 미모만이 잠시 배다른 오빠의 살인적 분노를 진정시킬 수 있었다. 어느 날 밤 오레스테스는 자제심을 잃고 그녀의 침대에 들어가 겁탈한다.

그는 다음 날 동이 트자마자 일어나 창가로 다가간다. 아르고스의 달 풍경이 그가 이미 예감하고 있던 것을 확인시켜 준다. 에리고네와 사랑에 빠졌던 것이다. 하지만 어머니를 죽인 사람은 그 누구도 사랑할 수 없어요. 코핀이 까맣게 탄 미소를 띤 채 내 눈을 쳐다보며 말했다. 오레스테스는 에리고네의 혈관에 아이기스토스의 피가 흐르는 데다 자신에게 해가 된다는 것을 알고 있다. 이는 그녀를 제거할 충분한 이유가 된다. 며칠간 오레스테스의 추종자들은 아이기스토스의 추종자들을 추적해 제거하는 데 전념한다. 오레스테스는 밤에 마약 중독자나 와인 중독자처럼(이 비유는 코핀이 생각해 낸 것이다) 에리고네의 침실을 찾아가 사랑을 나눈다. 결국 에리고네는 임신을 하게 된다. 이 사실을 알게 된 엘렉트라는 동생 앞에 나타나 얼마나 곤란한 상황인지 설명한다. 엘렉트라가 말한다. 에리고네는 아이기스토스의 손자를 낳게 될 거야. 아르고스에는 이제 찬탈자의 피를 가진 남자가 단 한 명도 없는 상황인데, 과연 오레스테스가 자신의 우유부단함 때문에 그 자신이 베어 내야 할 새로운 나무의 싹이 움트도록 내버려 둘까? 하지만 또한 내 자식이기도 해요. 오레스테스가 말한다. 아이기스토스의 손자다. 엘렉트라가 끝까지 우긴다. 그래서 오레스테스는 누나의 충고를 받아들여 에리고네를 제거하기로 한다.

그러나 아직도 그는 마지막으로 잠자리를 갖고 싶어 그날 밤 그녀를 찾아간다. 에리고네는 전혀 의심하지 않고 두려움 없이 오레스테스에게 몸을 허락한다. 비록 젊었지만, 그녀는 새 왕의 광기를 어떻게 다뤄야 하는지 재빨리 터득했다. 그녀는 왕을 오라버니, 나의 오라버니라고 부르며 애원한다. 때로는 그를 보는 척하고, 또 때로는 단지 침실 구석에 몸을 숨긴 어둡고 고독한 실루엣을 보는 척한다. (코핀은 사랑의 황홀경을 그렇게 이해했던 걸까?) 넋이 나간 오레스테스는 날이 밝기 전에 그녀에게 자신의 계획을 털어놓는다. 그녀에게 대안을 제의한다. 에리고네는 그날 밤 당장 아르고스를 떠나야만 한다. 오레스테스는 그녀를 도시 밖으로 멀리 데려다 줄 안내자를 내줄 것이다. 겁에 질린

---

68 그리스 신화에 등장하는 복수의 여신들.
69 그리스 신화에서 오레스테스의 복수를 도와준 사촌 형제.

에리고네는 어둠 속에서 오레스테스를 응시하며(두 사람은 각자 침대 끝에 앉아 있었다), 그의 말 속에는 사형 선고가 숨어 있다고 의심한다. 또 오라버니가 내주겠다고 하는 안내자는 바로 사형 집행인일 것이라고 생각한다.

그녀는 두려움에 사로잡혀 차라리 도시에 남아 그의 곁에 머물겠다고 말한다.

오레스테스는 초조해 한다. 여기에 남는다면 널 죽일 거야. 신들은 나를 미치게 했어. 그가 말한다. 그는 다시 한 번 자신의 죄에 대해 말한다. 또 에리니에스[68]에 대해, 그리고 머릿속이 정리되었을 때, 아니 그 전에라도 자신이 영위하고 싶은 삶에 대해 말한다. 친구 필라데스[69]와 함께 그리스 전역을 떠돌며 전설이 되는 삶. 어떤 장소에도 매이지 않고 삶을 예술로 변화시키는 비트족의 삶. 그러나 에리고네는 오레스테스의 말을 이해하지 못한다. 그녀는 이 모든 것이 이지적인 엘렉트라가 꾸민 계획의 일부, 즉 일종의 안락사, 젊은 왕의 손을 피로 더럽히지 않을 암흑으로의 출구가 아닐까 두려워한다.

12

친구들이여, 에리고네의 불신은 오레스테스를 감동시켰다. 카를로스 코핀 세르파스는 나에게 그렇게 말했다. 내 눈을 쳐다보며 그렇게 말했다. 아니 그의 말이 외과용 메스처럼 날카로운 성병(聖餠)이라도 되는 것처럼 그렇게 속삭였다. 그가 덧붙여 말하길, 단지 그 순간 이후에야, 다시 말해 감동을 받은 〈후〉에야 오레스테스는 비로소 폐허가 된 아르고스에서 에리고네를 노리는 위험들로부터 그녀를 지켜야겠다는 생각을 진지하게 할 수 있었다고 했다. 그 위험들이란 기본적으로 그 자신의 광기와 살인적 분노, 그의 수치와 후회, 즉 그가 오레스테스의 운명이라고 부르는, 자기 파멸의 길과 다름없는 그 모든 요소들로 이루어져 있었다.

그래서 오레스테스는 에리고네와 대화를 나누며 밤을 지새웠다. 그날 밤 그는 전에 없이 허심탄회하게 속마음을 털어놓았다. 수많은 논거가 있었고 또 그가 그 논거들을 아주 능란하게 설명했기 때문에 에리고네는 날이 밝기 직전에 마침내 고집을 꺾고 오레스테스의 제안을 받아들였고 첫새벽에 도시를 떠났다.

오레스테스는 탑 위에서 그녀가 도시에서 멀어지는 모습을 바라보았다. 그다음에 눈을 감았고, 다시 눈을 떴을 때 에리고네의 모습은 이제 어디에도 보이지 않았다.

이 말을 할 때 코핀은 눈을 감았다. 나는 달이(보름달인지, 하현달인지 아니면 상현달인지는 중요하지 않았다) 상처 입지 않은 1968년에 인문대학 4층 여자 화장실의 타일 하나하나에 닿기 위해 현기증 나는 속도로 질주하는 것을 보았다. 나는 생각했다. 그때도 그렇게 생각했고 지금도 그렇게 생각한다. 어떻게 하지? 그가 다시 눈을 뜨기를 기다리지 말고 시간의 터널 속에서 쓰러져 가는 그 집에서 떠나 버릴까? 그가 다시 눈을 뜰 때까지 기다렸다가 그리스 신화 속의 에피소드에 과연 어떤 의미가 있는지 물어볼까? 그것이 가져올 위험, 다시 말해 내가 눈을 떴을 때 코핀과 먼지투성이 그림들 대신 그해 9월에 멕시코 국립 자치 대학교 캠퍼스에서 빛나던 달빛을 받아 반짝이던 타일들만을 보게 될 위험을 감수하고 나도 조용히 눈을 감고 있을까? 불과 유희하는 것은 이제 충분하다고 스스로 다짐하고 기운을 내서 눈을 뜬 다음 안녕이라고 말하고는 감긴 눈의 멕시코 지평선에서 표류하는 그 집에서 영원히 떠나 버릴까? 손을 뻗어 코핀의 얼굴을 만지며 이야기를 이해했다고(전혀 사실이 아니었지만) 눈빛으로 말하고 나서 뚜벅뚜벅 부엌으로 걸어가 차 한 잔, 아니 라임 꽃 차 두 잔을 준비할까?

나는 그것들을 모두 다 할 수 있었을 것이다. 그러나 결국 아무것도 하지 않았다.

코핀은 눈을 뜨고 나를 쳐다보았다. 그게 전부예요. 그가 말했다. 그는 미소를 지으려고 했지만 그럴 수 없었다. 아니 어쩌면 그 찡그린 표정이나 안면 경련이 그 나름의 미소 짓는 방식일지도 몰랐다. 나머지 이야기는 잘 알려진 대로예요. 오레스테스는 필라데스와 함께 여행을 떠나죠. 그는 한 여행에서 누나 이피게네이아를 만나요. 모험을 하죠. 그리스 전역에 그의 명성이 퍼져요. 그가 이피게네이아를 언급했을 때 나는 사악하기 그지없는 누나들을 멀리하는 편이 더 좋았을 거라고 막 말하려던 참이었지만 그 말을 하지 못했다. 이미 시간이 너무 늦었고, 일을 계속하거나 잠을 자거나, 아니면 거실 구석에서 고대 그리스인들의 위업에 대해 숙고해야 한다고 일깨워 주려는 듯 이윽고 코핀이 자리에서 일어섰다. 그 순간 내가 다시 에리고네를 떠올렸고 그 이야기에서 무언가 전에는 인지하지 못했던 것을 퍼뜩 깨달았다는 것이 문제였다. 그런데 그 무언가가 뭐였지?

그래서 코핀은 나에게 떠나라고 권유하는 듯한 표정으로 굳어 있었고, 나는 뻣뻣하게 소파에 앉아서 눈으로 바닥과 가구들, 벽 그리고 심지어 코핀의 얼굴까지 훑어보고 있었다. 나는 무언가를 막 생각해 내려고 하는 사람 특유의 표정을 짓고 있었다. 혀끝에서 맴도는 이름. 전기 충격과 피의 홍수 속에서 태동하기 시작하지만 그것 자체나 그것이 작동시킨 기계 장치가 두려워, 아니 그것이 불가피하게 기계 장치에 초래할 〈결과〉에 놀라 어둠 속에 형체 없이 희미하게 남아 있는, 연결이나 폭로를 뒤로 미룰 수 없는 생각. 너무 반복된 나머지 에리고네라는 이름이 일종의 족집게가 되어 비명과 무의식적인 웃음소리, 그 밖의 잡다한 폭행이 난무하는 가운데 굴 속에서 그 생각을 끄집어내는 느낌이었다.

그때, 내가 무엇을 기억해 냈는지 혹은 생각했는지

아직 모르는 상황에서, 시간이 많이 늦었다고 코핀이 말했고, 나는 그가 전에는 릴리안 세르파스의 집의 안락함과 화려함을 상징했던 물건들을 요리조리 민첩하게 피하면서 초조하게 거실을 왔다 갔다 하는 것을 보았다. 습관을 통해서만 얻을 수 있는 몸에 밴 민첩함이었다.

내가 크로노스, 라고 말했다. 나는 크로노스의 이야기를 떠올렸다. 그 얘기 알아요? 내가 날카로운 어조로 물었다. 라플라타 강 지역 말투의 막연한 흔적이라기보다는 자기방어의 한 방식이었다. 크로노스 이야기, 물론 알아요. 일종의 용액으로 인해 눈이 침침해진 채 코핀이 말했다. 내가 왜 그 이야기를 떠올렸는지 모르겠어요. 시간을 벌기 위해서 내가 말했다. 오레스테스와는 아무 관련이 없어요. 코핀이 말했다. 아 그렇군요. 나는 벽에 걸린 코핀의 그림에서 뭔가 할 말을 찾으며 입을 가리지 않고 말했다. 한 남자가 길을 걸어가고 그동안 눈 달린 별들이 그를 쳐다보는 그림이었다. 솔직히 말해, 형편없는 졸작이었다. 사실대로 말하자면, 그 그림을 두고 할 말이 없었다. 솔직히, 나는 봉쇄된 느낌이었고, 잠시 — 눈 깜짝할 사이에 이면을 본 것처럼 — 코핀은 오레스테스이고 나는 에리고네인 것 같았다. 그 어둠의 시간은 영원히 계속되고, 나는 낮의 햇빛을 두 번 다시 보지 못할 것이며, 릴리안의 아들의 검은 눈초리에 불타 재가 될 것만 같았다. 나의 추측이 엉뚱해지고 나의 두려움이 커져감에 따라 코핀은 성장해(옆으로 넓어지진 않았지만) 자작나무나 떡갈나무만큼 자랐다. 그는 광막한 밤의 한복판에 서 있는 거대한 나무, 고독한 팜파스의 유일한 나무였다. 코핀은 눈을 뜨고 나를 바라보았다. 에리고네가 광막한 시간 속으로 사라지는 모습을 보았던 그 눈으로. 처음에는 당혹감이나 단순한 무지의 눈빛이었고, 낯선 사람이나 우연의 화신에게 보내는 눈빛이었다. 그러나 그가 점차 나를 알아봄에 따라 앞서의 당혹감은 증오와 원한, 살인적인 분노로 바뀌었다.

그 순간 나는 나도 모르게 지나쳤던 것을 곧바로 깨달았다.

그만해요. 내가 말했다. 지금 생각났어요. 내가 말했다. 무수한 날벌레들 때문에 탁했던 공기가 맑아졌다. 코핀은 나를 쳐다보고 있었다. 나는 비행기도 사람도 없는 공항을 바라보고 있었다. 활주로와 그림자 없는 격납고만 있었다. 그 공항에서는 단지 꿈과 환영(幻影)만 출발했기 때문이다. 술주정뱅이들과 마약 중독자들의 공항이었다. 그러나 이윽고 공항은 사라지고 그 자리에 내가 기억해 낸 것이 뭐냐고 묻는 코핀의 눈이 보였다. 그래서 내가 말했다. 별거 아니에요. 아무것도 아니었다. 나의 얼빠진 생각에 불과했다. 이젠 정말 떠날 시간이라는 생각에 자리에서 일어나려는 동작을 취했다. 그러나 코핀이 한 손을 내 어깨 위에 올리며 제지했다. 주님의 뜻대로 이루어지소서. 나는 생각했다. 비록 신자는 아니지만 내가 생각한 것은 바로 그것이었다. 또 생각했다. 난 새날의 빛을 보지 못할 거야. 그렇게 말하면 오히려 감상적으로 들리겠지만 그 순간 나에게는 신비의 문이나 그 비슷한 어떤 것으로 느껴졌다. 놀랍게도 그 순간에 내가 느낀 감정은 두려움이 아니라 안도감이었다. 마치 에리고네의 이야기에서 못 보고 지나친 것을 문득 깨달으면서 온몸이 마비된 듯했다. 릴리안 세르파스의 집의 거실은 그다지 수술실 분위기를 풍기지 않았지만 나는 수술실로 끌려가고 있는 듯한 느낌이었다. 나는 생각했다. 난 지금 인문대학 여자 화장실에 있고 대학에 남아 있는 최후의 1인이야. 나는 수술실로 향하고 있었다. 역사의 분만을 향해 가고 있었다. 또 나는 생각했다(나는 바보가 아니므로). 이제 다 끝났어. 경찰 기동대는 대학에서 철수했어. 학생들이 틀라텔롤코에서 죽었어. 대학은 다시 열렸어. 하지만 달빛을 받은 타일들을 수없이 할퀸 끝에 마치 시간의 연속에서 슬픔의 입구가 아닌 또 하나의 문이 열린 것처럼 난 계속 4층 화장실에 갇혀 있어. 나만 빼고 모두 가 버렸어. 나만 빼고 모두들 돌아왔어. 두 번째 진술은 받아들이기 어려웠다. 실은 나는 아무도 보지 못했고, 모두들 돌아왔다면 내가 그들을 볼 수 있어야 했기 때문이다. 사실 애를 써보았지만 내가 유일하게 볼 수 있었던 것은 카를로스 코핀 세르파스의 눈뿐이었다. 그러나 아직 막연한 확신이 남아 있었다. 그사이에 나를 실은 이동 침대는 복도를 미끄러지듯 달리고 있었다. 암녹색과 국방색이 군데군데 섞인 질은 황록색 복도였다. 역사는 아우성치며 분만을 선언하고 의사들은 낮은 목소리로 나의 빈혈증을 진단하는 동안 시간 속에서 팽창하는 수술실로 향하고 있었다. 그런데 빈혈 상태로 수술을 어떻게 한담? 나는 의아하게 생각했다. 제가 아이를 갖게 될까요, 선생님? 내가 안간힘을 다해 속삭이듯 말했다. 의사들은 은행 강도처럼 녹색 마스크를 쓴 채 나를 내려다보며 고개를 가로저었다. 그사이에 이동 침대는 몸 밖으로 돌출된 핏줄처럼 구불거리는 복도를 내달리고 있었다. 갈수록 속도가 빨라졌다. 아이를 갖지 못한다는 게 정말인가요? 내가 물었다. 나를 쳐다보며 의사들이 말했다. 그래요, 부인. 단지 역사 분만의 자리에 입회하시도록 모셔가는 것뿐입니다. 그런데 왜 이렇게 서두르죠, 선생님? 어지러워요! 내가 말했다. 의사들은 죽어 가는 사람에게 대답하듯 예의 그 희미하고 단조로운 말투로 대답했다. 역사의 분만은 기다릴 수 없으니까요. 늦게 도착하면 부인은 폐허와 연기, 텅 빈 풍경 말고는 아무것도 볼 수 없을 테고, 밤마다 시인 친구들과 어울리며 술에 취한다 해도 다시 영원히 혼자가 될 겁니다. 그렇다면 서둘러요. 내가 말했다. 때때로 고향에 대한 그리움이 치밀어 오르듯이 마취의 기운이 머리로 올라왔고 나는 (한동안) 질문을 멈추었다. 나는 시선을 천장에 고정시켰다. 들리는 건 이동 침대의 고무바퀴 구르는 소리와 다른 환자들, 다른 펜토탈 소듐[70] 희생자들(그

---

70 상표명으로 전신 마취제의 일종.

렇게 생각했다)의 숨죽인 비명뿐이었다. 심지어 기분 좋은 가벼운 온기가 얼어붙은 나의 기다란 뼈를 타고 천천히 올라오는 것이 느껴지기까지 했다.

수술실에 도착했을 때 시야가 흐려졌다가 균열이 생겼고, 그 뒤에 더 침침해지더니 산산이 부서졌다. 이윽고 부서진 파편들이 번갯불에 가루가 되었고, 그 뒤에 바람에 먼지가 날려 무(無)의 한복판, 멕시코시티의 한복판으로 흩어졌다.

다시 눈을 뜨고 카를로스 코핀 세르파스에게 무슨 말이든 해야 할 시간이었다.

그래서 나는 시간이 늦어서 가봐야겠다고 말했다. 코핀 역시 보통은 꿈 속에서만 보이는 무언가를 본 것처럼 나를 쳐다보았다. 그는 갑자기 뒷걸음질했다. 당신 어머니는 내일 아침에 돌아오실 거예요. 내가 말했다. 알았어요. 코핀이 눈길을 돌리고 말했다.

그는 문간까지 나를 배웅했다. 내가 막 계단을 내려가기 시작했을 때, 그는 문을 닫지 않은 채 층계참에서 계속 나를 쳐다보고 있었다. 나는 한 손으로 입을 가린 채 그에게 뭔가 말하기 시작했지만 단지 두서없이 음절들을 발음하고 있다는 걸 곧 깨달았다. 갑자기 이빨이 빠진 듯한 느낌이었다. 그래서 그 자리에 서서 손으로 입을 가린 채 그를 쳐다보고 있었지만 아무 말도 제대로 할 수 없었다. 이윽고 두려움과 피로가 절반씩 뒤섞인 듯한 표정으로 코핀이 문을 닫았다. 나는 몇 초 동안 꼼짝 않고 그 자리에 서 있었다. 나는 생각을 하고 있었다. 이윽고 계단의 조명이 꺼졌고 나는 난간에서 손을 떼지 않고 어둠 속에서 천천히 계단을 내려가기 시작했다.

나는 볼리바르에서 택시를 잡았다.

당시에 콜로니아 에스칸돈에 있던 옥탑방으로 가는 동안 나는 울기 시작했다. 택시기사가 나를 곁눈질로 흘긋 쳐다보았다. 이구아나처럼 보였다. 나를 힘든 밤을 보내고 귀가하는 창녀쯤으로 여겼을 것이다. 울지 말아요, 금발 아가씨, 그럴 만한 가치가 없어요. 내일이면 세상이 다르게 보일 텐데요. 나는 그에게 쏘아붙였다. 철학자 흉내 내지 말고 운전이나 똑바로 하세요.

택시에서 내렸을 때는 눈물이 말라 있었다.

나는 차를 준비했고 침대에 누워 책을 읽기 시작했다. 무슨 책을 읽었는지는 기억나지 않는다. 페드로 가르피아스가 아닌 건 분명하다. 마침내 나는 책 읽기를 포기하고 어둠 속에서 차를 다 비웠다. 그때 멕시코의 수도 위로 다시 한 번 날이 밝아 왔다.

13

그때 나는 무슨 일이 일어나고 있는지 깨달았고, 떨리는 가녀린 기쁨이 내 삶 속으로 들어왔다.

밤에 젊은 멕시코 시인들과 어울려 다니는 일은 나를 고갈시키고 공허하게 하고 울고 싶게 만들었다. 나는 다른 옥탑방으로 이사했다. 콜로니아 나폴레스와 로마, 아테노르 살라스에 살았다. 나는 책을 잃어버렸고 옷도 잃어버렸다. 그러나 얼마 지나지 않아 다시 책을 갖게 되었고, 좀 더 더디긴 했지만 약간의 옷도 갖게 되었다. 대학에서 나에게 허드렛일을 주었다가 빼앗아버렸다. 불가항력인 경우가 아니라면 나는 매일 대학에 있었고 남들이 보지 못하는 것을 보았다. 피렌체의 증오와 로마의 복수를 간직한, 소중한 나의 인문대학. 나는 이따금씩 카페 키토나 부카렐리 거리의 다른 가게에서 릴리안 세르파스와 마주치곤 했다. 당연히 서로 인사를 나누었지만 친애하는 그녀의 아들에 대해서는 결코 두 번 다시 얘기하지 않았다(물론 어떤 밤에는 릴리안이 자기 집에 가서 아들한테 그날 밤 집에 들어가지 못할 거라고 전해 달라고 나에게 다시 한 번 부탁하도록 유도하기도 했다). 그러던 어느 날 그녀는 내가 자주 드나드는 장소들에 폭풍의 유령처럼 나타나기를 멈추었다. 아무도 그녀에 대해 묻지 않았고 나 역시 그녀의 행선지를 캐고 싶지 않았다. 나는 이처럼 의지박약에 호기심이 결여된 상태였다. 과거에는 바로 호기심이 내 가장 두드러진 특색 중 하나였다.

오래지 않아 나는 잠을 푹 자기 시작했다. 전에는 거의 잠을 이루지 못했다. 나는 멕시코 시(詩)의 불면증 환자였고 모든 것을 읽고 축하해 주었다. 또 모임에 빠지지 않고 참석했다. 그러나 처음이자 마지막으로 카를로스 코핀 세르파스를 보고 나서 몇 달이 지난 어느 날, 나는 대학으로 가는 버스에서 깜빡 잠이 들었고, 누군가가 내 어깨를 잡고 마치 고장 난 시계추를 움직이게 하려는 것처럼 흔들었을 때에야 비로소 잠을 깼다. 나는 화들짝 놀라 눈을 떴다. 나를 깨운 장본인은 열일곱 살쯤 돼 보이는 아이로 학생이었다. 그의 얼굴을 보았을 때 나는 가까스로 눈물을 참을 수 있었다.

그날 이후 수면은 하나의 악습이 되었다.

나는 코핀도, 에리고네와 오레스테스 이야기도 생각하고 싶지 않았다. 나의 이야기도 나의 남은 생(生)도 생각하고 싶지 않았다.

그래서 나는 어디가 되었든, 혼자 있을 때는(나는 혼자 있는 게 정말 싫다. 혼자 있을 때는 곧바로 잠에 빠져들곤 했다) 대체로 잠을 자기 일쑤였다. 그런데 시간이 지나면서 악습은 만성이 되었고 심지어는 다른 사람과 같이 있을 때도 바의 테이블에 팔꿈치를 괴거나 공연 중인 대학의 극장에 쪼그리고 앉아서 잠이 들곤 했다.

밤이면 하나의 목소리, 꿈의 수호천사의 목소리가 나에게 말하곤 했다. 이봐, 아욱실리오, 우리 대륙의 젊은이들이 어디에서 최후를 맞았는지 이제 넌 알고 있어. 나는 그에게 대답했다. 쉿, 입 닥쳐. 난 아무것도 몰라. 젊은이들이라니 대체 무슨 소릴 하는 거야. 난 금시초문인데. 그때 목소리가 뭔가 중얼거리며 내 대답이 썩 납득하기 어렵다는 듯이 말했다. 음, 그렇군. 내가 말했다. 난 아직 인문대학 여자 화장실에 있어.

달빛이 벽면의 모든 타일들을 하나하나 녹이고 있어. 우리에 대해, 우리가 읽은 책들에 대해 그리고 우리가 보지 못할, 빛처럼 빠른 미래에 대해 얘기하는 영화들, 영상들이 흐르는 틈이 생길 때까지.

그 후에 나는 실없는 예언을 꿈꾸었다.

목소리가 나에게 물었다. 이봐, 아욱실리오, 뭐가 보여?

미래가 보여, 20세기 책들의 미래를 볼 수 있어. 내가 대답했다.

그럼 예언을 할 수 있어? 목소리가 물었다. 미묘한 뒷맛이 느껴졌지만 빈정대는 투는 전혀 아니었다.

예언이라, 예언 자체에 대해선 모르겠어. 하지만 한두 가지 예측은 할 수 있어. 내가 꿈결 같은 감미로운 목소리로 대답했다.

해봐, 어서 해봐. 목소리가 드러내 놓고 흥분해서 말했다.

난 인문대학 여자 화장실에 있고 거기에서 미래를 볼 수 있어. 내가 일부러 관심 없는 척하며 소프라노의 목소리로 말했다.

그래, 알았어. 먼저 예언을 시작해. 내가 받아 적을게. 꿈의 목소리가 말했다.

목소리들은 아무것도 적지 않아. 심지어 듣지도 않아. 목소리들은 단지 말을 할 뿐이야. 내가 바리톤 목소리로 말했다

네가 틀렸어. 하지만 상관없어. 넌 할 말만 하면 돼.

되도록 큰 소리로 분명하게 말해 줘.

그 순간 나는 심호흡을 하고 주저하다가 마음을 비우고 마침내 말을 시작했다. 내 예언은 이래.

블라디미르 마야코프스키는 2150년경에 다시 유행할 거야. 제임스 조이스는 2124년에 중국인 아이로 환생해. 토마스 만은 2101년에 에콰도르인 약사가 될 거고.

마르셀 프루스트는 2033년 이후 오랫동안 절망적인 망각 속에 묻힐 거야. 에즈라 파운드는 2089년에 몇몇 도서관에서 자취를 감추게 돼. 베이철 린지[71]는

---

71 Nicholas Vachel Lindsay(1879~1931). 미국의 시인. 현대 노래 시 *singing poetry*의 아버지로 간주됨.

72 César Vallejo(1892~1938). 페루의 시인, 소설가, 저널리스트. 토머스 머튼이 〈단테 이후 가장 위대한 시인〉으로 칭했을 만큼 20세기를 대표하는 시인의 한 사람으로 평가되며 〈인간적 고통〉을 탁월하게 형상화했다.

73 Louis-Ferdinand Céline(1894~1961). 프랑스의 작가, 의사. 본명은 루이 페르디낭 데투슈. 프랑스 문학을 현대화한 새로운 스타일의 글쓰기를 선보였으나 극단적인 반유대주의 입장을 견지해 전범 작가로 낙인찍힘.

74 Paul Éluard(1895~1952). 프랑스의 시인. 다다이즘, 초현실주의 운동을 일으켰으며, 뒤에는 공산주의자로 전향하였다.

75 Cesare Pavese(1908~1950). 이탈리아의 시인, 소설가, 번역가.

76 Pier Paolo Pasolini(1922~1975). 이탈리아의 시인, 영화감독, 평론가.

77 Giorgio Bassani(1916~2000). 이탈리아의 시인, 소설가, 수필가.

78 Oliverio Girondo(1891~1967). 아르헨티나의 전위주의 시인.

79 Roberto Arlt(1900~1942). 아르헨티나의 소설가.

80 Adolfo Bioy Casares(1914~1999). 아르헨티나의 소설가로 환상성이 두드러지는 작품을 썼으며 『모렐의 발명』이 대표작이다.

81 Arno Otto Schmidt(1914~1979). 독일의 전위주의 소설가.

82 Witold Gombrowicz(1905~1969). 폴란드의 전위적인 유대계 소설가, 극작가.

83 Paul Celan(1920~1970). 유대계 독일 시인. 제2차 세계 대전 이후 독일 최고의 서정 시인으로 평가됨.

2101년에 대중적인 시인이 될 거야.

세사르 바예호[72]는 2045년에 지하에서 읽힐 거야. 호르헤 루이스 보르헤스는 2045년에 지하에서 읽히게 돼. 비센테 우이도브로는 2045년에 대중적인 시인이 될 거야.

버지니아 울프는 2076년에 아르헨티나인 소설가로 환생해. 루이 페르디낭 셀린[73]은 2094년에 연옥에 들어갈 거야. 폴 엘뤼아르[74]는 2101년에 대중 시인이 돼.

윤회. 시는 사라지지 않아. 그 무력함은 다른 형태로 부각될 거야.

체사레 파베세[75]는 2034년에 관찰자들의 수호성인이 될 거야. 피에르 파올로 파솔리니[76]는 2100년에 도피자들의 수호성인이 돼. 조르조 바사니[77]는 2167년에 무덤에서 나올 거야.

올리베리오 히론도[78]는 2099년에 청소년 문학가로서 진가를 인정받게 돼. 2102년에 로베르트 아를트[79]의 전 작품이 영화화될 거야. 아돌포 비오이 카사레스[80]는 2105년에 자신의 전 작품이 영화화되는 것을 보게 될 거야.

아르노 슈미트[81]는 2085년에 유해에서 되살아날 거야. 프란츠 카프카는 2101년에 라틴 아메리카 전역의 지하에서 다시 읽히게 될 거야. 비톨트 곰브로비치[82]는 2098년경에 라플라타 강 유역에서 대단한 인기를 누리게 돼.

파울 첼란[83]은 2113년에 유해에서 부활할 거야. 앙

드레 브르통은 2071년에 거울에서 부활해. 막스 자코브[84]는 마지막 독자가 2059년에 사망해 더 이상 읽히지 않을 거야.

84 Max Jacob(1876~1944). 유대계의 프랑스 시인이자 화가로 입체주의와 초현실주의의 탄생에 크게 기여함.

85 Jean-Pierre Duprey(1930~1959). 프랑스의 시인, 조각가.

86 Gary Sherman Snyder(1930~). 비트 세대의 대표자 중 한 사람인 미국 시인.

87 Ilarie Voronca(1903~1946). 루마니아계 프랑스 아방가르드 시인, 수필가.

88 Gilberte Dallas(1918~1960). 전후 프랑스의 가장 중요한 〈저주받은 시인〉의 한 사람.

89 Juan Rodolfo Wilcock(1919~1978). 아르헨티나의 시인, 비평가, 번역가.

90 Pierre Unik(1909~1945). 프랑스의 초현실주의 시인.

91 Nicanor Parra(1914~). 전통적인 서정시의 문법을 파괴하는 반시 antipoesía를 주창한 칠레의 시인.

92 Octavio Paz(1914~1998). 멕시코의 시인, 비평가. 라틴 아메리카 최고의 시인 중 한 사람으로 평가되며 1990년 노벨 문학상을 수상했다.

93 Ernesto Cardenal(1925~). 니카라과의 시인, 조각가, 정치가. 라틴 아메리카의 대표적인 해방 신학자 사제로 산디니스타 혁명 정부에서 문화부 장관을 역임했다.

94 1890년대에 오스트리아의 황후였던 엘리자베스가 독일 시인 하인리히 하이네를 기리고자 세운 동상이 정치적인 이유로 자리잡지 못했던 일을 가리킨다.

95 Carson McCullers(1917~1967). 주로 남부를 배경으로 작품을 쓴 미국 소설가.

96 Alejandra Pizarnik(1936~1972). 아르헨티나의 초현실주의 시인.

97 Alfonsina Storni(1892~1938). 아르헨티나의 여류 시인. 오랜 투병 끝에 바다에 몸을 던져 자살했다.

98 Alice Bradley Sheldon(1915~1987). 미국의 공상 과학 소설 작가. 1967년부터 사망할 때까지 제임스 팁트리 주니어 James Tiptree, Jr.란 필명을 사용함.

99 Alfonso Reyes(1889~1959). 멕시코의 작가, 시인, 외교관.

100 Marguerite Duras(1914~1996). 프랑스의 소설가, 시나리오 작가, 극작가.

2059년에 누가 장 피에르 뒤프레[85]를 읽을까? 누가 게리 스나이더[86]를 읽을까? 또 누가 일라리 보롱카[87]를 읽을까? 내가 궁금해 하는 질문들이야.

누가 질베르트 달라스[88]를 읽을까? 누가 로돌포 윌콕[89]을 읽을까? 또 누가 피에르 유니크[90]를 읽을까?

하지만 2059년 칠레의 한 광장에 니카노르 파라[91]의 조각상이 세워질 거야. 2020년에는 멕시코에 옥타비오 파스[92]의 조각상이 세워져. 2018년에는 니카라과에 아담한 에르네스토 카르데날[93]의 조각상이 세워질 거야.

하지만 하이네의 조각상[94]처럼 신의 개입에 의해, 혹은 더 흔하게는 다이너마이트에 의해 모든 조각상들이 폭파될 거야. 그러니 우린 조각상을 너무 과신하면 안 돼.

하지만 카슨 매컬러스[95]는 2100년에도 계속 읽힐 거야. 알레한드라 피사르니크[96]는 2100년에 마지막 독자를 잃게 돼. 알폰시나 스토르니[97]는 2050년에 뭔지 특정할 수 없지만 고양이나 바다사자로 환생할 거야.

안톤 체호프의 경우는 좀 달라. 각각 2003년과 2010년, 그리고 2014년에 환생할 거야. 마지막으로 2081년에 다시 나타나게 돼. 그리고 그것으로 끝이야.

앨리스 셸던[98]은 2017년에 대중적인 작가가 될 거야. 알폰소 레예스[99]는 2058년에 틀림없이 암살당하지만, 실제로 그의 암살자들을 암살하는 건 바로 알폰소 레예스 자신이야. 마르게리트 뒤라스[100]는 2035년에 수많은 여자들의 신경계에서 살게 돼.

작은 목소리가 말했다. 신기하군, 참 신기해. 네가 언급한 작가들 중에 내가 읽지 못한 작가도 몇 있단 말이야.

어떤 작가들? 내가 물었다.

가령 앨리스 셸던은 누군지 모르겠어.

나는 웃었다. 한참을 웃었다. 뭐가 그렇게 우스워? 작은 목소리가 물었다. 교양이 철철 넘치는 널 손들게 한 게 우스워. 내가 대답했다. 교양이라. 어떤 의미로 사용하든 난 내가 교양이 있는지 모르겠어. 하지만 책은 좀 읽었어. 목소리가 대답했다. 참 이상하네. 나는 마치 꿈이 갑자기 180도 돌아서 지금 포포카테페틀[101]과 이스타시와틀[102]이 도처에 널려 있는 추운 지역에 있는 것처럼 말했다. 뭐가 이상해? 목소리가 물었다. 난 우루과이 사람인데 내 꿈의 천사는 부에노스아이레스 출신이라는 게. 아, 그렇구나. 하지만 그건 아주 흔히 있는 일인데. 목소리가 말했다. 앨리스 셸던은 책을 낼 때 제임스 팁트리 주니어란 필명을 사용해. 내가 추워서 몸을 떨며 말했다. 작품을 읽어 보지 못했어. 목소리가 말했다. 공상 과학 소설 작가야. 단편과 장편소

---

101 꼭대기가 눈으로 덮인 원뿔 모양의 활화산으로 멕시코시티의 동남쪽에 위치해 있다. 해발 5,426미터로 피코 데 오리사바에 이어 멕시코에서 두 번째로 높은 산이며 이스타시와틀과 이어져 있다.

102 멕시코에서 세 번째로 높은 산으로, 나우아틀어로 〈백색의 여인〉이란 뜻이다.

103 Caspar David Friedrich(1774~1840). 독일의 낭만주의 화가. 그의 작품에서는 크고 강한 자연과 작은 인간이 전형적으로 대비되어 상징적이고 문학적으로 표현된다.

설을 써. 내가 말했다. 읽지 못했어, 읽은 적이 없어. 목소리가 말했다. 나는 이빨이 딱딱 맞부딪히는 소리를 또렷하게 들을 수 있었다. 이빨이 있었어? 내가 눈이 휘둥그레져서 물었다.

아니야, 진짜 내 이빨은 아니야. 목소리가 대답했다. 하지만 너와 같이 있으면 빠진 네 이빨들이 나를 위해 딱딱 맞부딪혀. 내 이빨! 나는 일말의 애정을 가지고 생각했다. 그러나 향수는 눈곱만큼도 없었다. 너무 추운 것 같지 않니? 나의 수호천사가 말했다. 맞아, 너무 너무 추워. 내가 말했다. 얼음장 같은 이곳에서 나가는 게 어때? 목소리가 제안했다. 좋은 생각이야. 하지만 어떻게 나갈지 방도를 모르겠어. 머리를 깨뜨리지 않고 여기서 나가려면 등반가가 되어야 할 걸. 내가 말했다.

우리는 잠시 빙판을 가로질러 움직이며 멀리 멕시코시티를 분간해 보려고 애를 썼다.

그리고 보니 카스파 다비드 프리드리히[103]의 그림이 생각나. 작은 목소리가 말했다. 지극히 당연한 얘기야. 내가 대답했다. 그게 무슨 소리야? 목소리가 물었다. 아니야, 아무것도 아니야.

그리고 나서, 몇 시간 혹은 몇 개월 후에, 작은 목소리가 나에게 말했다. 우린 걸어서 여길 나가야 해. 아무도 우릴 구조하러 오지 않을 거야. 내가 말했다. 불가능해. 우린(아니 난) 머리통이 깨질 거야. 더군다나 난 추위에, 이 공기의 순수함에 적응하기 시작했어. 마치 아틀 박사의 가장 투명한 지역에 다시 살게 된 것

같아.[104] 물론 더 격렬하게. 그러자 작은 목소리가 나를 바라보며 모음에 관한 랭보의 시처럼[105] 맑고 구슬픈 소리로 말했다. 넌 익숙해졌어.

그 후 몇 개월, 아니 어쩌면 몇 년의 침묵이 흐른 뒤에 목소리가 나에게 말했다. 비행기 사고를 당했던 네 동포들 기억나? 어떤 동포들? 별것도 아닌 일로 목소리가 내 꿈을 방해하는 데 질려서 내가 말했다. 안데스 산맥에 추락한 사람들 말이야. 모두들 죽었다고 생각했는데 굶어 죽지 않으려고 서로 시신을 뜯어먹으며 산악 지대에서 석 달 가량 버텼던 사람들. 축구 선수들이었지, 아마. 작은 목소리가 말했다. 럭비 선수들이었어. 내가 말했다. 럭비 선수들이었어? 거 참 이상하네. 난 축구 선수들이라고 생각했는데. 좋아, 어쨌든, 그들을 기억한다는 거지? 내가 말했다. 그래, 그들을 기억해. 안데스 산맥의 식인종 럭비 선수들. 좋아, 넌 바로

---

104 각주 54번 참조.
105 랭보의 시 「모음Voyelles」을 말함.
106 「Marcha triunfal」. 시집 『삶과 희망의 노래』(1905)에 실려 있으며 루벤 다리오는 이 시를 〈장식과 음악의 승리〉로 정의한 바 있다.
107 Julio Cortázar(1914~1984). 벨기에 태생의 아르헨티나 소설가. 환상적이며 전위적인 작품을 발표했으며 『팔방놀이』, 『동물 우화집』 등의 작품이 있다.
108 Marcel Schwob(1867~1905). 19세기 말 프랑스의 소설가, 학자. 고전 문학과 중세 문학을 비롯하여 셰익스피어, D. 디포 등을 소개했으며 상징주의자의 영향을 받았다.
109 Jerzy Andrzejewski(1909~1983). 폴란드의 소설가. 1950년 공산당에 가입했으나 후에 자유주의적 입장으로 선회하여 폴란드 반공 연대 운동의 강력한 지지자로 활동하였다.
110 Sergio Pitol(1933~). 멕시코의 소설가, 번역가, 외교관. 2005년 스페인어권 최고 권위의 세르반테스상을 수상했다.

그들처럼 해야 해. 작은 목소리가 말했다.

내가 누굴 먹어 치우길 원해? 마치 루벤 다리오의 시 「승리의 행진」[106]처럼 감미롭고 힘 있게 들리는 목소리의 그림자를 찾으며 내가 말했다. 난 아니야, 넌 날 먹을 수 없어. 작은 목소리가 말했다. 그럼 내가 누굴 먹어치울 수 있지? 여긴 나 혼자밖에 없어. 단지 너와 나, 수많은 포포카테페틀과 이스타시와틀, 그리고 살을 에는 바람뿐이야. 눈 위를 걸으며 내가 말했다. 난 라틴 아메리카 최대 도시의 흔적을 찾으며 지평선을 유심히 살폈다. 그러나 빌어먹을 멕시코시티는 어디에도 보이지 않았고, 내가 정말로 하고 싶은 일은 돌아가서 다시 눈을 붙이는 것이었다.

그때 작은 목소리가 훌리오 코르타사르[107]의 어느 소설의 결말에 대해 얘기하기 시작했다. 등장인물이 자기가 영화관에 있는 꿈을 꾸고 있는데 어떤 사람이 와서 그에게 일어나라고 말하는 내용의 소설이었다. 그다음에 마르셀 슈보브[108]와 예지 안제예프스키,[109] 그리고 피톨[110]의 안제예프스키 소설 번역에 대해 말하기 시작했다. 내가 말했다. 그만, 제발 조용히 좀 해. 그 얘긴 나도 다 알고 있어. 나에게 골칫거리가 있다면 그건 잠을 깨는 게 아니라 다시 잠든 상태로 돌아가지 않는 거야. 내가 꾸는 꿈은 유쾌하고 아무도 유쾌한 꿈에서 깨나고 싶어 하지 않으니 다분히 믿기지 않는 일이지. 내가 목소리의 출신 도시에 대해 가졌던 모든 의구심을 지워버리는 정신 분석적 은어로 작은 목소리가 대꾸했다. 목소리는 결정적으로 몬테비데오가 아니라 부에노스아이레스 출신이었다. 그때 내가 목소리에게 말했다. 참 이상하네. 나의 오한은 늘 우루과이산(產)인데 나의 수호천사는 아르헨티나 남자라니. 그러자 목소리가 선생 같은 어조로 내 말을 바로잡았다. 아르헨티나 여자지, 남자가 아니라 아르헨티나 여자.

그 후 우리는 침묵을 지켰고, 그 사이에 바람은 간헐적으로 몇 초 동안 공중에 떠 있다가 사라지는 얼음 목걸이를 띄워 올리고 있었다. 우리 둘은 혹시 어디선가 멕시코시티의 그림자가 나타나면 놓치지 않으려고 티 없이 맑은 지평선을 응시하고 있었다. 그러나 사실 나타날 희망은 별로 없었다.

마침내 작은 목소리가 말했다. 이봐, 아욱실리오, 난 떠나겠어. 어디로? 내가 물었다. 다른 꿈으로. 목소리가 말했다. 어떤 꿈으로? 내가 물었다. 어떤 꿈이든. 여기 있다가는 얼어 죽겠어. 목소리가 말했다. 마지막 말을 할 때 말투가 얼마나 진지했던지 난 눈 속에서 목소리의 얼굴을 찾았다. 마침내 그 작은 얼굴을 찾았을 때 꼭 눈과 추위에 대해 얘기하는 로버트 프로스트의 시처럼 들렸다. 마음이 무척 아팠다. 작은 목소리는 거짓말을 하고 있지 않았고, 불쌍하게도 몸이 꽁꽁 얼어붙고 있다는 것은 사실이었기 때문이다.

그래서 나는 목소리를 품에 안고 몸을 따뜻하게 감싸주며 말했다. 언제든 가고 싶을 때 떠나. 아무 문제없어. 뭔가 말을 더 해주고 싶었을 것이다. 그러나 내 입에선 오히려 멋없는 그 말들이 튀어나왔을 뿐이다. 그러자 작은 목소리는 깃털같이 가벼운 앙고라 스웨터의 보풀처럼 내 품에서 움직이며 레메디오스 바로의 정원의 고양이들처럼 가르랑거렸다. 이제 목소리의 몸이 따뜻해졌을 때 내가 말했다. 이제 가봐. 만나서 반가웠어. 다시 몸이 얼어붙기 전에 떠나. 작은 목소리가 내 품에서 빠져나가(하지만 내 배꼽에서 나가는 듯한 느낌이었다) 아무 인사말도 없이 떠났다. 다시 말해, 선한 아르헨티나인 수호천사처럼 아무 말 없이 슬그머니 가버렸다. 나는 홀로 남아 미친 듯이 생각에 잠겼다. 너무 골똘히 생각한 나머지 작은 목소리가 나에게서 끌어낸 것은 단지 순전한 헛소리뿐이라는 결론에 이르렀다. 넌 바보짓을 했어. 난 자신에게 소리를 질렀거나, 적어도 소리를 지르려고 시도했다.

실제로 그게 내가 할 수 있는 전부였기 때문에 〈시도했다〉고 말했다. 난 입을 벌리고 눈 덮인 황량한 곳에서 그 말을 내뱉으려고 시도했지만 너무 추워서 턱뼈를 움직일 수조차 없었다. 그래서 실제로 그 말을 한 게 아니라 머릿속으로만 생각했을 것이다. 물론 나의 생각들은 우레같이 쩌렁쩌렁 울렸다고(어쩌면 눈 덮인 고지여서 그렇게 느껴졌는지도 모른다) 덧붙여야 할 것이다. 마치 추위가 나를 죽이고 잠들게 하는 동시에 나를 일종의 설인(雪人), 목소리가 쩌렁쩌렁하고 온통 근육질인 털북숭이 눈의 여자로 바꿔 놓고 있는 것만 같았다. 물론 모든 것이 상상의 무대에서 흘러가며 나에겐 살을 에는 돌풍으로부터 나를 보호해 줄 길게 늘어뜨린 머리도 근육도 없음을 분명히 알고 있었다. 가뜩이나 나의 목소리는 자급자족할 수 있는 일종의 대성당으로 변해 버려 단 하나의 공허하고 무의미한 불면의 물음만을 내뱉을 수 있을 뿐이었다. 왜? 왜? 마침내 얼음벽들이 갈라져 굉음을 내며 떨어져 내렸고, 그 사이에 붕괴로 생긴 먼지 장벽 뒤에서 다른 얼음벽들이 우뚝 솟아올랐다. 그래서 전혀 손을 쓸 방법이 없었다. 모든 게 냉혹했고, 모든 게 돌이킬 수 없었으며, 모든 게 부질없었다. 심지어는 울어도 소용없었다. 눈 덮인 고지에서 사람들은 질문을 던질 뿐 울지 않기 때문이다. 이 사실을 알고 나는 깜짝 놀랐다. 마추픽추 산꼭대기에서는 아무도 울지 않는다. 눈물샘이 얼어붙어서이거나, 아니면 그곳에서는 눈물마저 소용이 없고 어느 모로 보나 그것이 한계이기 때문일 것이다.

그래서 나는 죽을 각오를 하고 눈의 요람에 누워 있었다. 그때 갑자기 뭔가 똑똑 떨어지는 소리가 들렸고 나는 혼잣말을 했다. 가당치 않은 일이야. 다시 환각에 빠진 게 분명해. 히말라야에는 물방울처럼 떨어질 게 아무것도 없어. 모든 게 딱딱하게 얼어붙었어. 영원한 잠에 빠져들지 않기 위해서는 그 작은 소리로 충분했다. 나는 눈을 뜨고 그 소리가 어디서 들려오는지 보려고 두리번거렸다. 나는 생각했다. 빙하가 녹고 있는 걸까? 거의 칠흑 같은 어둠이었지만, 나는 눈이 적응하는 데 시간이 걸리는 것뿐임을 곧 알아챘다. 그다음에

단 하나의 타일에 비친 달을 보았다. 마치 나를 기다리고 있는 듯했다. 나는 벽에 등을 기대고 바닥에 앉아 있었다. 몸을 일으켰다. 4층 여자 화장실 세면대의 수도꼭지는 잘 잠겨 있었다. 수도꼭지를 틀어 얼굴을 적셨다. 그때 달이 다른 타일로 옮겨 갔다.

14

그 순간 나는 산을 내려가기로 결심했다. 여자 화장실에서 굶어 죽지 않기로, 정신병자나 비렁뱅이가 되지 않기로 결심했다. 남들이 손가락질하더라도 진실을 말하기로 결심했다. 나는 산을 내려가기 시작했다. 다만 내 얼굴을 도려내던 칼바람과 반짝이던 달을 기억할 수 있을 뿐이다. 바위들이 있었고, 산골짜기가 있었고, 핵에너지 발견 이후의 스키장들이 있었다. 하지만 나는 그것들에 크게 신경 쓰지 않은 채 내려가고 있었다. 하늘 어딘가에서 뇌우가 일어나려고 했지만 크게 개의치 않았다. 나는 유쾌한 것들을 생각하며 내려갔다. 예컨대, 아르투리토 벨라노를 생각했다. 그 무렵 그는 멕시코시티로 돌아와 새로운 친구들과 어울리기 시작했다. 이제 그의 친구들은 멕시코의 젊은 시인들이 아니라 그보다 더 어린 열여섯, 열일곱 살 풋내기들이었다. 그 후 그는 울리세스 리마를 알게 되었고, 나를 포함해 옛 친구들의 그릇된 방식을 용서하며 비웃기 시작했다. 마치 그가 단테이고 지옥에서 막 돌아온 것처럼(단테라니, 웬 말인가), 아니 그 자신이 바로 베르길리우스[111]인 것처럼, 감수성 예민한 소년은 보통 대마초라고 알려진 마리화나를 피우고 상상하고 싶지 않은 내용물을 들이키기 시작했다. 그러나 어쨌든 그는 여전히 평소처럼 온화했다는 걸 알고 있다. 이제 우리는 같은 사람들과 어울리지 않았으므로 순전히 우연하게 부딪히면, 그는 나에게 어떻게 지내요, 라고 안부를 묻거나 손에 피자 조각이나 타코를 들고 어린애처럼 펄쩍펄쩍 뛰며 부카렐리 거리의 맞은 편 인도에서 소코로, 소코로!, 소코로!![112] 라고 외치곤 했다. 그의 애인으로 미모가 뛰어났지만 역시 그 누구보다 콧대가 셌던 라우라 하우레기, 울리세스 리마, 그리고 또 다른 젊은 칠레인인 펠리페 뮐러와 늘 함께였다. 이따금 내가 용기를 내서 그들 그룹에 합류하곤 했지만, 그들은 글리글리시[113]로 말했다. 그들이 나를 좋아하고 내가

111 Publius Vergilius Maro(B.C. 70~B.C. 19). 고대 로마의 시인으로 로마의 건국과 사명을 노래한 민족 서사시 「아이네이스」를 썼다. 단테의 『신곡』에서 주인공 단테는 베르길리우스에게 이끌려 지옥과 연옥, 천국을 여행한다.

112 각주 45번 참조.

113 훌리오 코르타사르가 『팔방놀이』 68장에서 라 마가와 올리베이라 사이의 에로틱한 성행위 장면을 묘사하기 위해 고안한 인공어. 일견 아무 의미가 없는 것처럼 보이지만 스페인어와 구문과 형태가 동일하여 상당 부분 의미를 파악할 수 있다. 라틴 아메리카의 아방가르드 시인들인 비센테 우이도브로와 올리베리오 히론도 역시 이런 식의 실험을 시도한 바 있다.

114 고기·생선·야채 등을 재료로 사용하는 라틴 아메리카의 스페인식 파이 요리.

누구인지 알고 있다는 것을 알아채긴 했지만, 그들은 글리글리시로 말했기 때문에 대화 내용을 속속들이 알기 어려웠다. 그래서 결국 나는 눈 속의 내 길을 계속 걸어가게 되었다.

하지만 그들이 나를 놀렸다고는 생각하지 마시라! 그들은 내 말에 귀를 기울였다! 그러나 난 글리글리시를 말하지 못했고 불쌍한 아이들은 은어 사용을 멈출 수 없었다. 버림받은 불쌍한 아이들. 아무도 그들을 사랑하지 않았다. 그것이 그들이 처한 상황이었다. 아무도 그들을 진지하게 받아들이지 않았다. 또 때때로 나는 그들이 너무 진지하게 받아들여진다는 느낌을 받기도 했다.

어느 날 그들이 나에게 아르투리토 벨라노가 멕시코를 떠났다고 했다. 그리고 이번에는 그가 돌아오지 않았으면 좋겠어요, 라고 덧붙였다. 그 말은 나를 무척 화나게 했다. 나는 언제나 그를 사랑했기 때문이다. 아마도 그렇게 말한 사람에게 욕설을 퍼부었을 것이다 (적어도 마음속으로는). 그러나 먼저 서두르지 않고 침착하게 그가 어디로 갔는지 물었다. 그들은 알지 못했다. 오스트레일리아, 유럽, 캐나다, 어딘가 그런 곳으로 갔겠지요. 그때 나는 그를 생각하기 시작했다. 더 없이 관대하던 그의 어머니와 그의 여동생, 그리고 그의 집에서 함께 엠파나다[114]를 만들던 오후를 생각하기 시작했다. 그때 나는 국수를 만들었고 우린 아브라암 곤살레스 거리의 아파트에 있던 부엌과 식당 그리고 작은 거실 여기저기에 국수를 널어 말리곤 했다.

나는 그 무엇도 잊을 수 없다. 사람들은 그게 나의 문제라고들 한다.

나는 멕시코 시인들의 어머니다. 나는 1968년 경찰 기동대와 군대가 난입했을 때 대학 내에서 견딘 유일한 사람이다. 나는 화장실에 갇혀 열흘, 아니 보름 넘게 아무것도 먹지 못한 채 인문대학에 혼자 남아 있었다. 9월 18일부터 9월 30일까지였을 것이다. 이젠 기억나지 않는다.

나는 흰색 블라우스와 하늘색 주름치마 차림에 손가방과 페드로 가르피아스의 책 한 권을 가지고 그곳에 머물렀다. 생각할 시간이 주체하지 못할 정도로 남아돌았다. 하지만 그때는 아르투로 벨라노를 생각할 수 없었다. 아직 그를 알지 못했기 때문이다.

나는 혼잣말을 했다. 아욱실리오 라쿠투레, 버텨. 밖으로 나가면 널 체포해서(아마도 널 몬테비데오로 추방할 거야. 당연히 넌 정식 서류를 구비하지 못했으니까, 바보야) 침을 뱉고 구타할 거야. 난 견딜 작정이었다. 배고픔과 외로움을 견딜 작정이었다. 처음 몇 시간은 변기에 앉아서 잠을 잤다. 모든 상황이 시작되었을 때 내가 앉아 있던 바로 그 변기였다. 의지할 데 없는 상태에서 나는 그 변기가 행운을 가져다 줄 거라고 생각했다. 그러나 변기에 앉아서 잠을 자는 것은 불편하기 짝이 없었고, 결국 나는 타일 위에서 쪼그리고 잠을 잤다. 나는 꿈을 꾸었다. 악몽은 아니었고 음악적인 꿈

115 릴케와 단테가 생의 한 시기를 보낸 것으로 알려진 이탈리아의 성.

이었다. 투명한 질문들에 관한 꿈이었고, 차갑게 빛나는 푸른 하늘을 통해 라틴 아메리카를 끝에서 끝까지 가로지르는 날씬하고 안전한 비행기들의 꿈이었다. 나는 뻣뻣하게 얼어붙은 채 지독한 배고픔을 느끼며 눈을 떴다. 작은 화장실 창문으로 바깥을 내다보았다. 나는 퍼즐 조각 같은 캠퍼스의 조각들 속에서 동트는 새로운 날을 보았다. 나는 처음 맞은 그날 아침 내내 울었고 물을 끊지 않은 하늘의 천사들에게 감사했다. 아프지 마, 아욱실리오. 나는 혼잣말을 했다. 물은 실컷 마셔. 하지만 병에 걸리면 안 돼. 나는 벽에 등을 기댄 채 미끄러지듯 바닥에 주저앉았고, 다시 페드로 가르피아스의 책을 펼쳤다. 눈이 감겼다. 틀림없이 잠이 들었을 것이다. 이윽고 나는 발자국 소리를 듣고 화장실 칸에 몸을 숨겼다 (그 화장실 칸은 내가 결코 가져본 적이 없는 작은 방이었으며, 나의 참호요 나의 두이노 성(城)[115]이자 나의 멕시코의 현현이었다). 그 다음에 페드로 가르피아스의 책을 읽었다. 이윽고 잠이 들었다. 그 후 둥근 창을 통해 밖을 내다보기 시작했다. 아주 높이 떠 있는 구름을 보았고 아틀 박사의 그림과 가장 투명한 지역을 생각했다. 그다음에 아름다운 것들을 생각하기 시작했다.

내가 몇 행이나 암기할 수 있었을까? 나는 암송하기 시작했다. 내가 기억하고 있던 시행들을 웅얼거렸다. 그 시행들을 적고 싶었을 것이다. 볼펜은 가지고 있었지만 종이가 없었다. 문득 나는 생각했다. 바보, 하지만 세상에서 가장 질 좋은 종이를 마음껏 사용할 수 있잖아. 그래서 나는 화장지를 뜯어 시행을 적기 시작했다. 이윽고 나는 잠이 들었고 꿈을 꾸었다. 아주 우습게도 후아나 데 이바르부루 꿈이었다. 1930년에 발표한 그녀의 책 『바람의 장미』에 관한 꿈을 꾸었다. 그녀의 데뷔작인 『다이아몬드의 혀들』도 등장했다. 얼마나 절묘하고 멋진 제목인가. 거의 지난해에 프랑스에서 출간된 아방가르드 작품처럼 보이지만 아메리카의 후아나는 이 책을 1919년, 즉 스물일곱의 나이에 펴냈다. 그녀가 마음대로 주무를 수 있었던 모든 사람들, 우아하게 그녀의 명령에 따를 준비가 돼 있던 모든 신사들(후아나는 아직도 존재하지만 그 신사들은 이미 존재하지 않는다), 시를 위해 목숨을 바칠 각오가 돼 있던 모든 모데르니스타 시인들, 뭇 시선과 끝없는 구애, 그리고 숱한 사랑으로 미루어 보건대 당시에 그녀는 틀림없이 대단한 매력의 소유자였을 것이다.

이윽고 나는 잠에서 깨어났다. 나는 생각했다. 내 자신이 기억이라고.

나는 그렇게 생각했다. 그러고 나서 다시 잠이 들었다. 그 후에 잠을 깼고 몇 시간, 아니 어쩌면 며칠 동안 울고 있었다. 잃어버린 시간 때문에, 몬테비데오에서 보낸 유년기 때문에, 그리고 아직도 내 마음을 동요시키는(지금도 그 어느 때보다 마음이 더 흔들린다), 얘기하고 싶지 않은 얼굴들 때문에.

그 후 나는 갇혀 지낸 지 얼마나 되었는지 감각을 잃어버렸다. 나의 작은 창에서 새와 나무들, 보이지 않는 곳들에서 뻗쳐 온 가지들, 덤불, 풀, 구름, 벽들이 보였지만, 사람은 볼 수 없었고 소리도 들리지 않았다. 나는 갇혀 지낸 시간이 얼마나 되는지 헤아릴 수 없게 되었다. 그 뒤에 아마도 찰리 채플린을 떠올리면서 화장지를 먹었지만, 단지 작은 조각을 하나 삼켰을 뿐이다. 더 집어넣을 배가 없었다. 그 후에 이젠 더 이상 배가 고프지 않다는 것을 깨달았다. 이윽고 나는 시행이 적힌 화장지를 집어 변기통에 던져 버리고 줄을 잡아당겨 물을 내렸다. 나는 물소리에 화들짝 놀랐고, 그 순간 이제 틀렸다고 생각했다.

갖은 잔꾀와 희생에도 불구하고 나는 틀렸다고 생각했다. 내가 쓴 것들을 파기하는 건 얼마나 시적인 행위일까, 라고 생각했다. 나는 생각했다. 그걸 삼켜 버리는 편이 더 나았을 거야. 난 이제 틀렸어. 나는 생각했다. 글쓰기도 헛되고, 파기도 헛되다. 나는 글을 썼기 때문에 버텼다고 생각했다. 내가 쓴 것을 파기했기 때문에 그들이 나를 찾아내 주먹질하고, 폭행하고, 죽일 것이라고 생각했다. 두 가지 사실, 즉 글쓰기와 파기, 숨는 것과 발각되는 것은 서로 관련되어 있다고 생각했다. 이윽고 나는 변기에 앉아 눈을 감았다. 그리고 잠이 들었다. 그 뒤에 잠을 깼다.

온몸에 경련이 일었다. 나는 화장실 안을 천천히 움직였고, 거울에 내 모습을 비춰 보았고, 머리를 빗고 세수를 했다. 아, 얼굴은 얼마나 끔찍했던가. 지금의 내 얼굴 같았으니, 상상해 보시라. 그다음에 목소리를 들었다. 내 생각에는 아무 소리도 듣지 못한 지 오래였다. 나 자신이 해변 모래밭에서 낯선 발자국을 발견할 때의 로빈슨 크루소처럼 느껴졌다. 그러나 나의 발자국은 하나의 목소리요 꽝 하고 문이 닫히는 소리였고, 별안간 복도에 던진 돌 구슬들의 쇄도였다. 이윽고 폼 보나 교수의 비서인 루피타가 문을 열었고 우리 둘은 서로를 응시하며 그 자리에 서있었다. 입은 벌리고 있었지만 말을 한마디도 할 수 없었다. 그때 내가 기절한 건 감정의 충격 때문이었을 것이다.

다시 눈을 떴을 때 나는 리우스 교수(리우스는 예나 지금이나 얼마나 잘생기고 용감한 사람인가)의 사무실에 있었다. 친구들과 아는 얼굴들, 대학 사람들, 군인이 아닌 사람들이 둘러싸고 있었다. 그 장면이 너무 경이로워서 나는 울기 시작했고, 리우스 교수의 요구에도 불구하고 나의 이야기를 조리 있게 말할 수 없었. 그는 내가 한 일에 대해 소름끼쳐 하면서도 동시에 고맙게 여기는 듯했다.

그리고 이게 전부다, 친구들이여. 전설은 멕시코시티의 바람과 68년의 바람을 타고 퍼졌고, 죽은 자들, 살아남은 자들과 합쳐졌다. 지금은 그 아름답고 불행한 해에 대학의 자율권이 침해되었을 때 한 여자가 캠퍼스에 남아 있었다는 것을 모두가 알고 있다. 나는 계속 살아갔고(그러나 무언가 내가 보았던 것이 빠져 있었다), 종종 다른 사람들 입에서 내 얘기를 듣곤 했다. 그 이야기 속에서 화장실에 갇힌 채 13일 동안 아무것도 먹지 못하고 버틴 여자는 직업도 머리를 누일 집도 없는 우루과이 출신의 불법 이민자가 아니라 의대 학생이거나 본부 비서였다. 심지어 가끔은 여자가 아니라 남자로 탈바꿈해서 모택동주의자 학생이나 위장 장애가 있는 교수가 되기도 했다. 그런 이야기들, 변형된 내 이야기를 들었을 때 보통은(특히 술에 취하지 않았을 때는) 아무 말도 하지 않았다. 술에 취했을 때는 대수롭지 않게 여겼다! 나는 그들에게 말하곤 했다. 무슨 상관이야. 그건 단지 대학의 전설일 뿐이야. 그건 멕시코시티의 전설이야. 그러면 그들은 나를 쳐다보며(그런데 나를 쳐다본 사람이 누구였지?) 말했다. 아욱실리오, 넌 멕시코 시의 어머니야. 그러면 나는 그들에게 말했다(술에 취했을 때는 소리를 질렀다). 아니야, 난 누구의 어머니도 아니야. 그래, 그들 모두를 알긴 해. 멕시코시티의 모든 젊은 시인들을. 이곳에서 태어난 시인들과 지방에서 상경한 시인들, 파도를 타고 라틴 아메리카의 다른 지역들에서 온 시인들. 난 그들 모두를 사랑했어.

그러면 그들은 말없이 나를 쳐다보았다.

나는 알아듣지 못한 척하며 신중하게 때를 기다렸다. 그 후 다시 그들을 쳐다보며 왜 아무 말도 하지 않는지 의아해 했다. 다른 것들, 가령 창문 맞은편의 교통 상황이나 여종업원들의 굼뜬 동작, 카운터 뒤 어딘가에서 나오는 연기 따위에 눈길을 주려고 애를 썼지만, 정말로 나의 관심을 끄는 것은 끝없는 침묵에 잠긴 채 그들을 살피는 것이었다. 나는 그렇게 오랫동안 말 없이 있는 것은 정상이 아니라고 생각했다.

바로 그 순간 엉뚱한 추측과 졸음, 사지를 갈가리 찢은 다음 마비시키는 추위와 함께 불안이 돌아왔다. 그러나 나는 움직임을 멈추지 않았다. 팔다리를 움직였다. 숨을 쉬었다. 혈액에 산소를 공급했다. 죽고 싶지 않으면 죽지 않을 거야. 나 자신에게 혼잣말을 했다. 그래서 나는 몸을 움직였고, 비록 그곳에 독수리는 없었지만, 동시에 독수리눈으로 내 몸이 움직이는 것을 보았다. 눈 덮인 산길을 통해, 눈의 제방, 화석이 된 모비딕의 등처럼 끝없이 펼쳐진 하얀 평원을 따라. 그러나 나는 계속 걸었다. 걷고 또 걸었다. 이따금 걸음을 멈추고 혼잣말을 하곤 했다. 일어나, 아욱실리오. 이 상황을 견딜 수 있는 사람은 아무도 없다. 그런데도 난 내가 견딜 수 있음을 알고 있었다. 그래서 오른쪽 다리에는 〈정신력〉, 그리고 왼쪽 다리에는 〈필요성〉이라는 이름을 붙여 주었다. 그리고 견뎌 냈다.

나는 참아 냈고 어느 날 오후 눈 덮인 광활한 지역을 떠났다. 멀리 계곡이 눈에 들어왔다. 거대한 계곡이었다. 마치 어느 르네상스 회화의 배경처럼 보였지만, 거칠게 부풀려진 모습이었다. 공기는 찼지만 살을 에는 매서운 추위는 아니었다. 나는 계곡 꼭대기에서 걸음을 멈추고 바닥에 앉았다. 나는 지쳐 있었다. 숨을 쉬고 싶었다. 내 삶이 어떻게 될지 알 수 없었다. 아마도

116 중미산의 꼬리가 긴 고운 새로 과테말라의 국조(國鳥).

누군가가 대학에서 일거리를 찾아 줄 거라고 추측했다. 나는 숨을 쉬었다. 공기가 맛있었다. 해가 지기 시작했다. 내가 발견한 거대한 계곡보다 더 작아 보이는, 희한한 계곡들 너머 저 멀리서 해가 지기 시작했다. 그러나 아직 사물들 위에 떠 있는 빛은 충분했다. 나는 기운을 좀 차리자마자 다시 내려가기 시작하면 어두워지기 전에 계곡에 닿을 거라고 생각했다.

나는 몸을 일으켰다. 다리가 후들거렸다. 다시 자리에 앉았다. 내가 있던 곳에서 몇 미터 떨어진 곳에 혀 모양의 눈밭이 있었다. 가까이 다가가 얼굴을 씻었다. 다시 앉았다. 좀더 아래쪽에 나무가 한 그루 있었다. 한 가지에서 참새를 보았다. 그 뒤에 녹색 얼룩이 대기를 가로질렀다. 나는 케찰[116]을 보았다. 참새와 케찰을 보았다. 두 마리 새는 같은 가지 위에 앉아 있었다. 벌어진 나의 입술이 같은 가지라고 속삭였다. 나는 내 목소리를 들었다. 그제야 비로소 나는 계곡에 떠 있는 거대한 침묵을 알아차렸다.

나는 일어나 나무 쪽으로 다가갔다. 새들이 놀라 달아나지 않도록 살금살금 다가갔다. 그곳에선 시야가 더 넓어졌다. 그러나 바닥을 내려다보며 조심스럽게 걸어야 했다. 그곳에는 헐거운 돌들이 있어 미끄러져 넘어질 위험이 컸기 때문이다. 내가 나무 옆에 다다랐을 때 새들은 이미 날아가고 없었다. 그때 나는 계곡의 다른 쪽 끝인 서쪽 방향에서 바닥 모를 깊은 심연이 열리는 것을 보았다.

내가 미쳐 가고 있는 걸까? 이것이 아서 고든 핌[117]의 광기와 공포일까? 아니면 현기증이 날 정도로 빠르게 제정신을 되찾고 있는 걸까? 말들이 머릿속에서 폭발음을 냈다. 마치 거인이 내 안에서 고래고래 소리를 지르고 있는 것 같았다. 그러나 밖에는 절대적인 침묵이 흘렀다. 서쪽으로 해가 가라앉고 있었다. 아래쪽 계곡에서는 그림자가 길어지고 있었다. 전에 녹색이던 것은 이제 암녹색을 띠었고, 전에 갈색이던 것은 암회색이나 검정색을 띠었다.

그때 나는 계곡의 동쪽 끝에서 색다른 그림자를 보았다. 마치 구름이 광대한 평원 위를 빠르게 움직이면서 드리우는 그림자 같았지만, 어떤 구름도 이 그림자를 드리우고 있지 않았다. 저게 뭘까? 나는 의아해 했다. 하늘을 올려다보았다. 그러고 나서 나무를 쳐다보았고, 케찰과 참새가 다시 같은 가지에 앉아 꼼짝 않고 계곡의 고요를 즐기고 있다는 것을 알게 되었다. 그 뒤에 심연을 바라보았다. 심장이 오그라들었다. 심연은 계곡의 끝을 가리키고 있었다. 나는 전에 그 같은 지형을 가진 계곡을 본 기억이 없었다. 사실, 그 순간, 계곡이 아니라 고원에 있는 듯한 느낌이었다. 그러나 아니었다. 고원이 아니었다. 고원은 원래 자연 벽들로 둘러싸여 있지 않다. 반면에 계곡들은 까마득한 심연 속으로 가라앉지 않아, 라고 혼잣말을 했다. 물론 어떤 계곡들은 그럴 수도

---

117 Arthur Gordon Pym. 에드가 앨런 포의 유일한 장편소설 『아서 고든 핌의 모험』의 주인공.

있을 것이다. 그 후에 나는 계곡의 다른 쪽 끝에서 흩어져 앞으로 전진하는 그림자를 바라보았다. 나와 지점이 다를 뿐 역시 눈 덮인 지역에서 나타난 것 같았다. 저 멀리, 불어난 화산들 위에서, 소리 없이 뇌우가 일고 있었다. 그때 나는 1.5미터 위 나뭇가지에 앉아 있는 케찰과 참새가 그 계곡을 통틀어 유일하게 살아 있는 새들이며, 또 광대한 평원을 미끄러지듯 지나가는 그림자는 어딘가를 향해 가는 수많은 젊은이들의 무리임을 깨달았다.

나는 그들을 보았다. 얼굴을 식별하기에는 너무 멀리 있었다. 하지만 그들을 보았다. 젊은이들이 살아 있었는지, 아니면 유령들이었는지 모르겠다. 하지만 그들을 보았다.

아마도 유령들이었을 것이다.

그러나 유령은 공중을 날아다닌다고 하는데 그들은 날지 않고 걷고 있었다. 따라서 유령들이 아니었을 수도 있다. 또 함께 걷고 있었지만 그들은 일반적으로 무리라고 불리는 것을 형성하지 않으며, 그들의 운명은 하나의 통념에 묶여 있지 않다는 것을 깨달았다. 그들을 결합시키는 것은 오직 그들의 관대함과 그들의 용기뿐이었다. 나는 그들 역시 눈 덮인 산을 떠돌아다녔으며 그곳에서 서로 만나 함께 걷다 보니 점차 지금 평원을 가로질러 이동하는 군대의 무리를 이루게 된 것이라고 (손바닥을 두 뺨에 대고) 추측했다. 그들은 나와 다른 쪽 면에 있었다. 산봉우리들은, 물리의 법칙을 조롱하면서, 양면을 가진 거울 형상을 이루는 것처럼 보였다. 나는 거울의 한쪽 면에서 나왔고, 그들은 다른 쪽 면에서 나왔다.

그들은 심연 쪽으로 걸어가고 있었다. 그들을 보자마자 그것을 깨달았다고 생각한다. 하나의 그림자 혹은 아이들의 무리가 멈출 수 없는 걸음을 심연 쪽으로 옮기고 있었다.

그 후 나는 계곡의 해 질 녘 찬 공기가 산기슭과 험한 바위들 쪽으로 일으키는 살랑대는 소리를 듣고 깜짝 놀라 망연자실했다.

그들은 노래를 부르고 있었다.

아이들, 젊은이들이 노래를 부르며 심연으로 향하고 있었다. 나는 비명이 새나가지 않게 하려는 듯이 한 손을 입으로 가져갔고, 마치 그들을 만질 수 있을 것처럼 다른 한 손을 앞으로 내밀고 떨리는 손가락을 뻗었다. 마음 속으로는 리듬에 맞춰 노래 부르며 전쟁터로 향하는 아이들을 다룬 작품을 떠올리고 싶었다. 그러나 기억나지 않았다. 머릿속이 온통 뒤죽박죽되어 있었다. 눈 속을 헤치고 걸었던 긴 여정이 나를 딴 사람으로 바꿔 놓았다. 어쩌면 언제나 그랬는지도 모른다. 나는 그다지 똑똑한 여자가 못된다.

나는 그들을 포옹할 수 있게 해달라고 하늘에 간청하듯 양손을 뻗고 외쳤다. 그러나 나의 외침은 아직 내가 머무르고 있던 산정 사이로 사라졌고 계곡에 다다르지 못했다. 깡마르고 주름투성이에 심하게 상처 입은 나는 피 흘리는 심정으로 두 눈 가득 눈물을 글썽이며 새들을 찾았다. 온 세상이 사위어 가는 그 시각에 마치 그 가련한 피조물들이 나에게 도움을 줄 수 있을 것처럼.

가지는 텅 비어 있었다.

나는 새들은 상징이며 이야기의 이 대목에서 모든 것은 단순하고 간단하다고 생각했다. 또 새들은 아이들을 상징한다고 가정했다. 그 밖에 내가 어떤 가정을 더 했는지 지금은 알 수 없다.

나는 그들이 노래하는 소리를 들었다. 내가 더 이상 계곡에 있지 않은 지금도 여전히 그들의 노랫소리가 들린다. 거의 알아들을 수 없는 속삭임처럼 아주 희미하게. 라틴 아메리카에서 가장 사랑스러운 아이들, 영양실조에 걸린 아이들과 영양 상태가 좋은 아이들, 모든 것을 가졌던 아이들과 아무것도 가진 게 없던 아이들. 그들의 입술에서 흘러나오는 노래는 얼마나 아름다웠던가. 그들은 얼마나 아름다웠던가. 어깨를 나란히 하고 죽음을 향해 행진하고 있었지만 그들은 얼마나 멋졌던가. 나는 그들의 노랫소리를 들었고 실성했다. 그들이 노래하는 소리를 들었지만 그들의 행진을 멈추기 위해 내가 할 수 있는 일은 아무 것도 없었다. 나는 너무 멀리 떨어져 있었고 계곡으로 내려가 초원 한복판에 서서 그들에게 틀림없이 죽음을 향해 나아가고 있으니 행진을 멈추라고 말할 기력이 없었다. 내가 유일하게 할 수 있었던 것은 몸을 부들부들 떨며 똑바로 서서 숨을 거둘 때까지 그들의 노래를 듣는 것, 내내 그들의 노래에 귀를 기울이는 것뿐이었다. 심연이 그들을 삼켜 버렸지만 노랫소리는 계곡의 대기 속에, 해 질 녘 산허리와 울퉁불퉁한 바위 쪽으로 올라오는 계곡의 안개 속에 계속 남아 있었기 때문이다.

그렇게 아이들의 유령은 계곡을 가로질러 심연 속으로 굴러 떨어졌다. 순식간에 일어난 일이었다. 그리고 그들의 유령같은 노래 혹은 거의 무(無)의 메아리라 할 수 있을 그 메아리는 그들과 같은 걸음걸이로 계속 행진했다. 내 귀에는 용기와 관대함의 걸음걸이처럼 들렸다. 거의 알아들을 수 없는 그 노래는 전쟁과 사랑의 노래였다. 아이들은 분명 전쟁터를 향해 나아가고 있었지만 그들이 행진하는 모습은 연극적이며 지고한 사랑의 행위를 떠올려 주었기 때문이었다.

그런데 그들이 어떤 종류의 사랑을 알 수 있었을까? 계속 내 귓전에 울리는 노래만을 남긴 채 그들이 계곡에서 사라졌을 때 나는 궁금해졌다. 그들의 부모에 대한 사랑, 그들의 개와 고양이들에 대한 사랑, 그들의 장난감들에 대한 사랑, 그러나 무엇보다 그들이 함께 나누었던 사랑과 욕망, 그리고 쾌락.

내가 들은 노래는 비록 전쟁과 희생당한 라틴 아메리카 젊은 세대 전체의 영웅적인 위업에 관한 것이었지만, 나는 다른 무엇보다 용기와 거울들, 욕망 그리고 쾌락에 대해 노래하고 있다는 것을 알고 있었다.

그 노래는 우리의 부적이다.

블라네스, 1998년 9월

옮긴이의 말
공포의 시대를 위한 레퀴엠

공포의 역사, 그리고 기억

로베르토 볼라뇨는 「단편 창작법에 대한 조언」에서, 단편을 쓸 때 결코 한 번에 한 편씩 쓰지 말라고 권고한다. 그렇게 하다 보면 죽는 날까지 똑같은 작품만을 되풀이해서 쓰게 될 것이라는 게 그 이유다. 그러나 아이러니하게도 그의 작품에서 각각의 이야기는 거대한 퍼즐의 조각처럼 끝없이 교차하며 하나가 다른 하나를 감싸 안는 순환의 과정을 보인다. 볼라뇨 작품 가운데 빈번하게 발견되는 이러한 〈다시 쓰기〉의 전략으로 미루어 볼 때, 볼라뇨는 한 편의 긴 순환시처럼 수많은 지류를 가진 한 권의 유일한 책을 염두에 두었던 것처럼 보인다.

가령, 볼라뇨의 소설 『먼 별』은 라미레스 호프만이라는 가상의 인물이 주인공으로 등장했던 『아메리카의 나치 문학』의 마지막 장을 확장한 것이다. 마찬가지로 『부적』은 볼라뇨의 대표작 『야만스러운 탐정들』에서 부차적 인물로 등장했던 아욱실리오 라쿠투레의 전기를 다룬 10쪽 가량의 분량을 취해 14개의 장으로 이루어진 이야기로 확장하고 있다. 『야만스러운 탐정들』이 이야기꾼으로서의 작가의 능력이 절정에 달한 서사시적 소설로 다성성(多聲性)이 두드러진다면, 『부적』에서는 단일한 목소리가 지배한다. 『야만스러운 탐정들』의 주인공들인 아르투로 벨라노와 울리세스 리마 역시 『부적』에 등장하지만, 이들은 부차적 인물로 물러나고 시종일관 내레이터이자 주인공인 아욱실리오의 목소리가 소설 전체를 이끌어 가고 있다.

멕시코 작가 엘레나 포니아토프스카에 따르면, 아욱실리오는 멕시코 대학가에 전설처럼 떠도는 실존 인물로 1968년 당시 같은 상황에 처했던 우루과이 여성 알시라Alcira를 모델로 삼고 있다. 아욱실리오는 멕시코에 불법 체류 중인 우루과이 여성으로 구스타보 디아스 오르다스 정부 치하에서 학생 운동 탄압이 극에 달했던 1968년 9월, 군대와 경찰이 멕시코 국립 자치 대학교UNAM를 점령했을 때 인문대학 여자 화장실에 숨어 13일간을 버틴다. 이 기간 동안 화장실은 그녀의 전 생애를 조망할 수 있는 〈시간의 배〉로 변한다. 타일 바닥에 달빛이 비치는 비좁은 화장실 공간, 〈모든 지점을 포함하는 공간의 한 지점〉을 의미하는 보르헤스의 〈알레프〉를 연상시키는 그 비시간적 지점으로부터 아욱실리오는 광기에 가까운 목소리로 긴 독백을 시작한다. 그녀의 독백은 일상성의 차원에서 시작하여 점차 비현실적이고 몽환적인 풍경들로 흘러들며, 이 과정에서 시간은 파편화되고 다양한 에피소드와 인물들이 어지럽게 뒤얽힌다.

〈기억 말고는 쥐뿔도 가진 게 없는〉, 그래서 곧 〈기억 자체〉인 아욱실리오는 한때 체 게바라의 연인이었던 엘살바도르 시인 릴리안 세르파스와 그녀의 불행한 아들인 화가 카를로스 코핀 세르파스, 자신이 가사 도우미 역할을 자청했던 스페인 망명 시인들인 레온 펠리페와 페드로 가르피아스, 대학의 젊은 철학도 엘레나, 카탈루냐 출신의 초현실주의 화가 레메디오스 바로, 콜로니아 게레로의 〈남창들의 왕〉과 그의 공포의 왕국, 그리고 보헤미안들인 이름 없는 〈신세대〉 시인들을 기억한다. 이들은 모두 질식할 것 같은 화장실의 깊은 침묵 속, 아욱실리오의 의식의 흐름과 폐소 공포적 섬망 속에 존재한다.

이렇게 아욱실리오의 기억은 망각에 맞서 강박적으로 틀라텔롤코의 후예들이 살고 있는 유령 도시 멕시코시티의 지도를 그려 낸다. 열다섯의 나이에 가족과 함께 이주한 이후 볼라뇨에게 멕시코는 문학적 상상력이 형성된 곳이자 〈미지로 향한 문〉이었다. 훗날 〈과거와 판이한 나라를 만날까 두려워 멕시코에 가고 싶지 않다〉고 말할 정도로 멕시코와 그곳에서 보낸 시간들에 대한 그의 애착은 남달랐다. 칠레에서 태어나 바르셀로나에서 대부분의 작품을 쓰고 그곳에서 숨을 거둔 그의 대표작들이 멕시코를 중심 무대로 한다는 것은 결코 우연이 아니다. 볼라뇨가 많은 작품에서 되살리고 있는 멕시코는 언제나 라틴 아메리카 대륙 전체를 조망하는 창이다.

한편, 독백의 도입부에서 아욱실리오는 이 소설이 〈잔혹한 범죄 이야기〉임을 밝히면서 독자의 궁금증을 유발한다.

이 이야기는 공포물이다. 탐정 소설, 누아르 소설, 호러 소설이 될 것이다. 그러나 그렇게 보이지 않을 것이다. 말하는 사람이 바로 나이기 때문이다. 말하는 사람이 나 자신이고, 그래서 그렇게 보이지 않을 것이다. 하지만 결국 잔혹한 범죄 이야기다.

물론 『부적』에는 〈남창들의 왕〉 에피소드처럼 일상적 범죄도 등장한다. 그러나 마치 비밀 이야기처럼, 이 작품이 공포물인 이유와 그 공포의 실체는 결말에 가서야 밝혀진다. 소설의 알레고리적 결말은 거대한 범죄의 상징인 틀라텔롤코 학살을 언급한다. 1968년 10월 2일 멕시코시티에서 일어난 이 비극적 사건은 파리의 5월, 프라하의 봄과 같은 맥락에서 한 시대의 종언과 새로운 시대의 시작을 의미한다. 소설의 크고 작은 에피소드들은 모두 〈1968년의 전망대로부터〉 정의되며, 〈영원히 기억 속에 각인되어 있는 이름〉 틀라텔롤코는 주인공의 꿈과 기억의 요체를 이룬다. 가령, 페드로 가르피아스의 거실에 있던 꽃병에 얽힌 에피소드는 9장에 등장한 레메디오스 바로의 그림에 의해 도입된 수수께끼 같은 결말을 이해하는 데 결정적인 열쇠를 제공한다. 꽃병 안에 감춰진 〈지옥의 문〉을 파괴하려는 주인공의 폭력적 충동에서 심연의 메타포로 형상화된 틀라텔롤코의 공포를 엿볼 수 있다. 또 11장에 등장하는, 오레스테스와 에리고네를 둘러싼 사랑과 복수의 신화는 텍스트의 핵심을 이루는 사랑과 죽음의 에피소드를 예고하고 있다. 또한 화장실이라는 폐쇄된 공간 역시 자유를 박탈하고 멕시코 학생 운동을 파멸시킨 학살의 트라우마적 순간을 상징적으로 보여 준다.

 이처럼 『부적』은 멕시코 정부에 의해 자행된 1968년의 범죄를 중심에 놓고 있다는 점에서 역사적 사실에 밀착해 있다. 그러나 작가는 주인공을 비극의 현장에 위치시키지 않는다. 포니아토프스카의 『틀라텔롤코의 밤』처럼 사건의 전모를 생생하게 기록하는 증언 서사와 달리 이 작품에서는 사건들이 간접적이고 비유적이고 생략적인 방식으로 서술되고 있다. 볼라뇨의 조국 칠레와 관련된 범죄를 다룰 때도 상황은 마찬가지다. 작가의 얼터 에고인 아르투로 벨라노는 〈혁명 건설을 돕기 위해〉 산티아고로 돌아가지만 〈공포 지대〉의 긴박한 정황은 비껴가고 딴사람이 되어 멕시코로 돌아온 뒤 〈남창들의 왕〉을 압도하는 두려움 없는 태도를 통해 피노체트의 군사 쿠데타와 아옌데 정부의 붕괴라는 칠레의 엄혹한 현실을 암시한다. 1973년 칠레에서 일어난 이 범죄는 『부적』에서 부수적으로 이야기되고 있지만, 5년 앞서 멕시코에서 일어났던 범죄와 유사하게

트라우마적이다. 볼라뇨는 치열한 작가 의식을 가지고 여러 작품에서 이 테마를 강박적으로 되풀이한다. 그는 단편 「오호 실바」에서 자신의 세대적 운명을 이렇게 밝히고 있다. 〈우리는 폭력을 벗어날 수 없다. 적어도 1950년대에 라틴 아메리카에서 태어나 살바도르 아옌데가 사망했을 때 스무 살 언저리였던 우리는.〉 실제로 볼라뇨는 피노체트의 쿠데타가 발발하기 직전 귀국해 좌파 진영에 가담하며 쿠데타 후에 8일 간 투옥되기도 한다. 그러나 그는 아직 자신의 경험을 여과 없이 직접적으로 다루기보다는 에둘러 제시하고 싶어 하는 것처럼 보인다. 보다 직접적인 진술은 1년 후 출간된 작품 『칠레의 밤』에서 비로소 드러난다.

이처럼 『부적』에서는 틀라텔롤코 학살이 언급되면서 범죄와 관련된 공포의 개념이 전개되며, 아욱실리오의 이야기는 아르헨티나의 〈더러운 전쟁〉을 비롯해 1960~1970년대에 라틴 아메리카에 창궐했던 정치적 재앙(〈검은 구멍〉)에 대한 은유로 읽히게 된다. 『부적』 이외에도 볼라뇨의 많은 작품들은 끔찍한 범죄를 둘러싸고 전개된다. 가령, 묵시록적인 미완성 유고작 『2666』은 미제 사건으로 아직도 진행 중인 국경 도시 시우다드후아레스(소설 속의 산타테레사)의 연쇄 살인에 초점을 맞추고 있으며 방대한 등장인물을 통해 20세기의 공포를 묘사한다. 『부적』에 이 『2666』의 제목이 되는 숫자가 등장한다는 점 또한 흥미롭다. 정작 『2666』에는 이 숫자가 전혀 나오지 않는데, 이 수수께끼 같은 제목은 『부적』에서 언급된 공동묘지의 이미지와 관련이 있는 것으로 보인다. 아욱실리오는 멕시코시티의 게레로 거리를 묘사하면서 2666년의 공동묘지, 즉 〈송장이나 아직 태어나지 않은 아이의 눈꺼풀 아래서 잊혀진 공동묘지, 무언가를 망각하고 싶어 한 끝에 모든 것을 망각하게 된 한쪽 눈의 무심한 눈물〉에 비유한다. 이처럼 『부적』은 상호텍스트적 중층성이 두드러지는 볼라뇨의 모든 소설의 나침반으로 그의 작품에 드리운 비밀을 푸는 열쇠를 제공한다.

부적으로서의 시(詩): 열패자들에게 바치는 오마주

이렇듯 『부적』은 1968년 틀라텔롤코에서 시작되어 라틴 아메리카의 청년 세대와 시적 공간을 희생시킨 공포를 다룬 범죄 이야기다. 아욱실리오의 꿈과 환각 속에서 사랑의 이상과 죽음의 운명을 안고 공포를 향해 행진하는 한 세대가 재창조되며, 라틴 아메리카 악천후의 지리적 상징인 환영적인 계곡은 고뇌와 죽음의 이미지를 동반한다. 그러나 과거의 역사가 재구성되고 현재화되는 바로 그 지점에서, 심연을 향해 행진하는 무수한 젊은이들의 위대한 죽음 위에서, 미래의 시적 공간, 시가 모든 것 위에 군림하는 구원적인 상상의 공간이 열린다. 심연은 젊은이들을 삼켜버리지만 젊은이들의 노래는 피비린내 나는 라틴 아메리카의 공포와 억압의 장면들을 압도하며 끝없이 울려 퍼진다.

내가 들은 노래는 비록 전쟁과 희생당한 라틴 아메리카 젊은 세대 전체의 영웅적인 위업에 관한 것이었지만, 나는 다른 무엇보다 용기와 거울들, 욕망 그리고 쾌락에 대해 노래하고 있다는 것을 알고 있었다.

그 노래는 우리의 부적이다.

노래는 악천후 속에서, 고통의 한가운데서 솟아올라 희생당한 라틴 아메리카의 젊은 세대 전체의 영혼을 위무한다. 부적은 질병이나 재앙을 막아 주고 복을 가져다준다고 믿는 주술적 도구다. 그러나 여기에서 부적은 노래이고 시(詩)다. 아욱실리오를 통해 화장실을 크로노스적 시간성과 합리성이 관여할 수 없는, 상상력을 본질로 하는 시의 공간으로 승화시킨 볼라뇨에게 시는 저항과 혁명의 동의어다. 그는 시라는 부적을 통해 라틴 아메리카 젊은 세대의 역사적 트라우마, 〈라틴 아메리카의 악몽〉을 물리치고 넘어선다.

이처럼 아욱실리오의 이야기는 마지막에 이르러 멕시코뿐만 아니라 라틴 아메리카에서 권위주의 독재의 정치적 억압에 희생된 젊은 세대 전체에 바치는 오마주로 수렴된다. 볼라뇨는 『야만스러운 탐정들』을 〈나의 세대에 보내는 연서(戀書)〉로 규정한 바 있는데, 『부적』 역시 마찬가지다. 볼라뇨가 이 작품을 가장 절친한 동료로 함께 〈멕시코판 다다〉인 인프라레알리스모를 주창하고 붐 세대나 옥타비오 파스 같은 문학 권력에 저항했던 마리오 산티아고에게 바치고 있다는 것도 같은 맥락에서 이해할 수 있다. 결국, 이 작품은 세대 의식의 반영이자 시와 문학에 대한 거대한 사랑의 고백이다.

이와 관련하여, 볼라뇨 픽션의 등장인물들이 정치 지도자나 독재자, 장군이 아니라 주로 소설가나 시인들이라는 사실은 주목을 끈다. 이들은 볼라뇨의 작품 도처에 존재하며, 영웅, 탐정, 악인, 우상 파괴자 등 다양한 얼굴을 보여준다. 『부적』에서 볼라뇨는 역사의 주변부를 부유하는 무력한 보헤미안적 존재들을 우나무노가 말하는 〈내역사·intrahistoria〉의 주인공으로 승화시킨다. 다시 말해, 공식적인 역사의 보이지 않는 이면에서 역사를 만들어 가는 이름 없는 주변부적 존재들과 사회적 열패자들을 새로운 세계 건설을 위한 동력으로 복권시키며, 그 중심에 작가들, 특히 시인들을 위치시키는 것이다. 그리고 이제 그들과 더불어 공포의 시대에 맞섰던 신념과 관대함, 꿈과 희망, 유토피아와 혁명이 되살아난다.

시와 시인들의 친구이자 순수한 삶의 열정에 사로잡힌 아욱실리오는 멕시코 국립 자치 대학교가 군인과 경찰에 유린되었을 때 화장실에서 회상을 통해 대학 자치권의 파멸에 저항한 유일한 인물이다. 그녀는 허드렛일이 대부분인 불안정한 일자리를 전전하며 룸펜처럼 궁핍하게 살아간다. 또 돈키호테 같은 몰골에 약간 실성한 듯 보이며 앞니까지 빠진 모습은 매력적인 뮤즈와는 거리가 멀다. 그러나 그녀는 결코 문학에 대한 믿음의 끈을 놓지 않는다. 화장실에 갇힌 한계 상황에서 그녀를 버티게 해준 것은, 그래서 대학의 자치권의 최후 보루가 될 수 있게 해준 것은 바로 시였다. 그녀는 배고픔과 추위와 눈물 속에서 가르피아스의 시집을 읽고 화장지에 시를 적는다. 비록 아욱실리오가 그 썼던 것을 변기에 흘려 내려 버리고 『부적』은 결국 시가 아닌 노래로 끝나지만, 아욱실리오를 정치적 폭력과 문학적 억압으로부터 구원한 것은 무엇보다 문학에 대한 믿음이다. 13장을 보면 20세기 책들의 운명에 대한 아욱실리오의 예언이 열거되는데, 이는 문학은 파괴가 계속될 때조차 지탱하고 살아남는다는 작가의 확고한 신념을 명백하게 보여준다. 볼라뇨는 「문학의 불멸」이라는 글에서 아직도 문학의 불멸을 믿는 작가들이 있다면 부둥켜안고 격려해 주고 싶다고 말한다. 스페인어로 〈도움〉, 〈원조〉를 의미하는 이름이 암시하듯, 〈멕시코 시의 어머니〉 역할을 자처하는 아욱실리오에게 있어 모든 시인들은 그녀의 자식들이다. 이처럼 직관적 성격의 소유자이자 카오스적이고 열정적이고 시와 광기에 이끌리는 아욱실리오는 단순한 인물의 범주를 넘어 순수와 역사의 진실에 대한 일종의 알레고리이며, 마법적 지각을 통해 시간의 경계를 자유롭게 넘나드는 현대판 예언자라고 할 수 있다. 소설이 낙관주의적 어조로 끝날 수 있는 것은 과거를 기억하고 미래를 통찰할 수 있는 아욱실리오의 예언자적 자질 덕분이다. 이러한 자질은 곧 문학의 자질이며, 아욱실리오의 구원은 곧 문학의 구원을 의미한다. 문학은 아욱실리오가 기댈 수 있는 유일한 부적이기 때문이다.

가난, 그리고 시에 대한 목마름은 볼라뇨의 인물들이 공통적으로 지닌 특성이며 볼라뇨가 그 자신의 특성으로 묘사하는 두 가지이기도 하다. 『부적』에는 아르투로 벨라노라는 볼라뇨의 얼터 에고가 등장하지만, 어쩌면 궁핍하고 비루한 삶 속에서도 문학과 역사의 힘을 지켜 낸 아욱실리오는 부초처럼 칠레, 멕시코, 프랑스, 스페인을 떠돌며 생존을 위해, 결정적인 문학의 승리를 위해 온몸을 던졌던 볼라뇨의 진정한 자화상일지도 모른다. 아욱실리오가 1968년을 전후한 시기에 〈멕시코 시의 어머니〉였던 것처럼, 볼라뇨는 오늘날 〈개미나 매미, 혹은 고름처럼 틀라텔롤코의 절개된 상처에서 튀어나왔지만 68 투쟁에도 참가하지 않은〉 새로운 문학 세대에게 든든한 어머니 같은 존재로 우뚝 서 있다.

김현균

로베르토 볼라뇨 연보

1953년 출생 4월 28일 칠레의 산티아고에서 로베르토 볼라뇨 아발로스 태어남. 아버지 레온 볼라뇨는 아마추어 권투 선수이자 트럭 운전수였고, 어머니 빅토리아 아발로스는 수학 선생님이었음. 볼라뇨는 어린 시절 읽기 장애가 있었는데, 어머니는 시를 좋아하는 어린 아들이 좌절하지 않도록 용기를 북돋워 주었음. 볼라뇨는 가족과 함께 발파라이소, 킬푸에, 비냐델마르, 로스앙헬레스 등 칠레의 여러 도시에서 유년기를 보냈으며, 그중 로스앙헬레스에 가장 오래 거주하였음.

1968~1973년 15~20세 가족과 함께 멕시코의 멕시코시티로 이주함. 학교에 입학했으나 중퇴했고, 다시는 교실에 발을 들여놓지 않겠다고 굳게 결심함. 1968년 10월 멕시코시티 올림픽 개막 며칠 후, 이 도시를 뒤흔든 학생 소요와 경찰의 무력 진압 현장을 목격함. 이는 수백만의 학생이 학살되거나 투옥되었던 10월 2일 틀라텔롤코 대학살에 뒤따라 벌어진 사건이었음. 이러한 일련의 사태는 이후 볼라뇨의 작품, 특히 『야만스러운 탐정들 *Los detectives salvajes*』과 『부적 *Amuleto*』의 소재가 됨. 15세부터 시를 쓰기 시작했으며, 독서에 푹 빠져 생활함. 그는 서점 진열대에서 책을 훔쳐 읽으며 지식을 습득했고, 훗날 서점 직원들이 자기 손에 닿지 않는 곳에 몇몇 책을 꽂아 놓아 읽을 수 없었다고 원망하기도 함. 그는 자신이 독학을 한 것이 아니라 〈모든 것을 책에서 배웠다〉고 말함. 사춘기 말과 성년 초기를 멕시코에서 보냄. 이때를 멕시코에서 보낸 제1시기라고 할 수 있음.

1973년 20세 8월 아옌데 대통령의 사회주의 정부를 전복하려는 피노체트의 쿠데타(9월 11일)가 발발하기 전에 사회주의 건설에 참여하기 위해 칠레로 돌아와 아옌데의 사회주의 혁명을 지지하는 좌파 진영에 가담함. 쿠데타가 일어나자 콘셉시온 근처에서 체포되어 투옥되었으나, 마침 어릴 적 친구였던 간수의 도움으로 8일 만에 석방됨. 이 행적은 순전히 볼라뇨 자신의 진술에 의거한 것으로, 볼라뇨는 이 극적인 사건을 여러 작품에 다양한 형태로 서술하였음.

1974~1977년 21~24세 멕시코로 돌아와 아방가르드 문학 운동인 〈인프라레알리스모 infrarrealismo〉를 주창함. 〈인프라레알리스모〉는 프랑스 다다이즘과 미국 비트 제너레이션의 영향을 받은 시 문학 운동으로, 볼라뇨가 친구인 시인 마리오 산티아고와 함께 결성하였으며 멕시코 시단의 기득권 세력을 비판하며 가난과 위험, 거리의 삶과 일상 언어에 눈을 돌리자고 주장한 반항적 운동임. 문학 기자와 교사로 일했으나 무엇보다도 시를 읽고 쓰는 데 집중함.

1975년 22세 브루노 몬타네와 함께 시집 『높이 나는 참새들 Gorriones cogiendo altura』 출간.

1976년 23세 일곱 명의 다른 〈인프라레알리스모〉 시인들과 함께 산체스 산치스 출판사에서 시집 『뜨거운 새 Pájaro de calor』 출간. 그리고 같은 해 첫 단독 시집인 『사랑을 다시 만들어 내기 Reinventar el amor』 출간. 이 시집은 한 편의 장시를 9개의 장으로 나누어 실은 얇은 책으로, 후안 파스코에가 지도하는 타예르 마르틴 페스카도르 시 아틀리에에서 출간되었음. 북아메리카 미술가 칼라 리피의 판화를 표지 그림으로 쓴 이 책은 225부만 인쇄하였음. 이때를 멕시코에서 보낸 제 2시기라 할 수 있음.

1977년 24세 유럽으로 이주. 파리를 비롯해 유럽 여러 나라의 도시들을 여행한 후 스스로 〈세상에서 가장 아름다운 도시〉라고 경탄한 바르셀로나에 정착. 이후 접시닦이, 바텐더, 외판원, 캠핑장 야간 경비원, 쓰레기 청소부, 부두 노동자 등 온갖 직업에 종사하며 생계를 유지함. 그러면서도 계속 시를 씀.

1979년 26세　11인 공동 시집인 『불의 무지개 아래 벌거벗은 소년들 Muchachos desnudos bajo el arcoiris de fuego』 출간.

1980년 27세　시를 계속 쓰면서 본격적으로 소설 집필에 전념하기 시작함.

1982년 29세　카탈루냐 출신 카롤리나 로페스와 결혼.

1984년 31세　안토니 가르시아 포르타와 함께 쓴 소설 『모리슨의 제자가 조이스의 광신자에게 하는 충고 Consejos de un discípulo de Morrison a un fanático de Joyce』를 출간, 스페인의 암비토 리테라리오 소설상 수상.

1986년 33세　카탈루냐 북동부 코스타브라바의 헤로나 근처의 블라네스라는 바닷가 소도시로 이사. 볼라뇨는 죽을 때까지 이 도시에서 살았음.

1990년 37세　아들 라우타로 태어남. 1990년대 초부터 볼라뇨는 자신의 시와 소설들을 스페인의 다양한 지역 문학상에 출품하기 시작함. 그는 문학상을 받아 생계에 보탬이 되고 자신의 작품이 출판되기를 희망하였음.

1992년 39세　시집 『미지의 대학의 조각들 Fragmentos de la universidad desconocida』이 출간 이전 라파엘 모랄레스 시(詩) 문학상 수상. 치명적인 간질환을 진단받음.

1993년 40세　소설 『아이스링크 La pista de hielo』 출간, 스페인의 알칼라데에나레스 시(市) 중편 소설상을 수상. 시집 『미지의 대학의 조각들』 출간. 볼라뇨는 이때부터 본격적으로 문학계의 인정을 받기 시작함. 이때부터는 오직 글쓰기로만 생활비를 벌었다.

1994년 41세　소설 『코끼리들의 오솔길 La senda de los elefantes』 출간, 스페인의 펠릭스 우라바옌 중편 소설상 수상. 시집 『낭만적인 개들 Los perros románticos』이 출간 전 스페인의 이룬 시(市) 문학상을 수상함.

1995년 42세　시집 『낭만적인 개들』 출간.

1996년 43세　가공의 작가들이 쓴 가짜 백과사전인 소설 『아메리카의 나치 문학 La literatura nazi en América』과 『먼 별 Estrella distante』 출간. 이해부터 볼라뇨는 바르셀로나의 아나그라마 출판사와 인연을 맺고 대부분의 작품을 이곳에서 출간하기 시작함.

1997년 44세　단편집 『전화 통화 Llamadas telefónicas』 출간, 칠레의 산티아고 시(市) 상 수상. 이 소설집 맨 앞에 수록된 단편소설 「센시니 Sensini」도 같은 해 따로 단행본으로 출간됨. 대표작 중 하나로 꼽히는 방대한 분량의 소설 『야만스러운 탐정들 Los detectives salvajes』이 출간되기 전에 스페인의 권위 있는 문학상인 에랄데 소설상을 수상함.

1998년 45세　『야만스러운 탐정들』 출간. 이 소설은 동시대를 멋지게 그려 낸 한 편의 대서사시와 같은 장편소설로서, 뛰어난 철학적·문학적 성찰과 스릴러적인 요소, 파스티슈, 자서전의 성격이 혼재하는 독특한 작품이다. 소설의 두 주인공은 볼라뇨 자신의 분신이라 할 수 있는 아르투로 벨라노와, 볼라뇨의 친구로서 함께 인프라레알리스모 운동을 이끌었던 마리오 산티아고를 모델로 한 울리세스 리마이다. 울리세스 리마는 이후 다른 작품에도 등장함. 『파울라』지로부터 소설 심사 위원 위촉을 받아 25년 만에 칠레를 방문함.

1999년 46세　『야만스러운 탐정들』로 〈라틴 아메리카의 노벨 문학상〉이라 불리는 베네수엘라의 로물로 가예고스상 수상. 소설 『부적 Amuleto』과, 『코끼리들의 오솔길』의 개정판인 『므시외 팽 Monsieur Pain』 출간. 오라 에스트라다는 『부적』을 엄청난 걸작으로 평가했다.

2000년 47세　소설 『칠레의 밤 Nocturno de Chile』과 시집 『셋 Tres』 출간. 볼라뇨는 자신의 짧은 소설 가운데 가장 완벽한 작품으로 『칠레의 밤』을 꼽았다. 스페인의 주요 일간지인 「엘 파이스 El País」와 「엘 문도 El Mundo」에 칼럼 게재.

2001년 48세　단편집 『살인 창녀들 Putas asesinas』 출간. 볼라뇨가 등장인물로 나오는 하비에르 세르카스 Javier Cercas의 소설 『살라미나의 병사들 Soldados de Salamina』도 출간됨. 이 소설에서 볼라뇨는 주인공이 소설을 완성하도록 도와주는 인물로 등장함. 2003년 영화로도 제작된 이 작품의 성공으로 볼라뇨는 스페인에서 유명해짐.

2002년 49세　실험적인 소설 『안트베르펜 Amberes』과 『짧은 룸펜 소설 Una novelita lumpen』 출간.

2003년 50세　사망하기 몇 주 전 세비야에서 열린 라틴 아메리카 작가 대회에 참가하여 만장일치로 새로운 라틴 아메리카 문학의 대변자로 추앙됨. 7월 15일 바르셀로나의 바예데에브론 병원에서 아내 카롤리나와 아들 라우타로, 딸 알렉산드라를 남긴 채 간 부전으로 숨을 거둠. 단편집 『참을 수 없는 가우초 El gaucho insufrible』 사후 출간. 대표작 중 하나인 『2666』이 출간되기 전에 바르셀로나 시(市) 상을 수상함.

2004년　『참을 수 없는 가우초』가 칠레의 알타소르 소설상 수상. 필생의 역작 『2666』 출간, 스페인의 살람보상 수상. 1천 페이지가 넘는 어마어마한 분량의 이 작품은 볼라뇨가 죽을 때까지 손에서 놓지 않고 매달린 소설로, 가장 큰 야심작임. 처음에는 작가의 뜻에 따라 1년 간격으로 5년에 걸쳐 5부작으로 출판하려 했으나, 1권의 〈메가 소설〉로 출간됨. 『2666』은 북멕시코의 시우다드후아레스 시에서 3백 명 이상의 여인이 연쇄 살인된 미해결 실제 사건을 주요 모티프로 삼아 산타테레사라는 도시를 배경으로 재구성한 작품임.

2005년　『2666』이 칠레의 알타소르 소설상, 칠레의 산티아고 시(市) 문학상 수상. 칼럼과 연설문, 인터뷰 등을 모은 『괄호 치고 Entre paréntesis』 출간.

2006년　볼라뇨의 인터뷰를 모은 『볼라뇨가 말하는 볼라뇨 Bolaño por sí mismo』 출간.

2007년　단편소설과 다른 글들을 모은 『악의 비밀 El secreto

del mal』과 시집 『미지의 대학 *La universidad desconocida*』 출간. 『야만스러운 탐정들』 영어판 출간, 「뉴욕 타임스」 선정 〈2007년 최고의 책〉으로 꼽힘.

2008년 『2666』의 영어판 출간, 평단과 독자 모두에게 호평을 받으며 대단한 인기를 누림. 전미 서평가 연맹상 수상. 「뉴욕 타임스」와 『타임』 선정 〈2008년 최고의 책〉으로 꼽힘.

2009년 『2666』이 「타임스 리터러리 서플러먼트」, 「스펙테이터」, 「텔레그래프」, 「인디펜던트 온 선데이」, 「샌프란시스코 크로니클」, 「NRC 한델스블라드」 등 세계 각국의 유력지에서 〈2009년 최고의 책〉에 선정되었으며 「가디언」에서는 〈2000년대 최고의 책 50권〉으로 꼽힘.

2010년 소설 『제3제국 *El Tercer Reich*』 출간됨. 현재 볼라뇨의 전작은 스페인을 비롯한 이탈리아, 독일, 프랑스, 네덜란드, 스웨덴, 핀란드, 그리스, 체코, 폴란드, 세르비아 등 유럽권 국가는 물론 미국과 영국 등 영어권 국가, 그리고 브라질, 터키, 이스라엘, 일본에 이르기까지 번역, 출간되며 〈볼라뇨 전염병〉을 퍼뜨리고 있다.

부적

옮긴이 김현균은 1964년에 강원도에서 태어나 서울대학교 서어서문학과 및 동 대학원을 졸업했다. 마드리드 콤플루텐세 대학에서 박사 학위를 받았으며, 현재 서울대학교 서어서문학과 교수로 재직 중이다. 지은 책으로 『환멸의 세계와 매혹의 언어』(공저), 『서양의 고전을 읽는다 4』(공저), 『차이를 넘어 공존으로』(공저), 『동서양 문학 고전 산책』(공저)이 있고, 옮긴 책으로 파블로 네루다의 『인어와 술꾼들의 우화』, 존 H. 엘리엇의 『히스패닉 세계』(공역), 실비나 오캄포의 『천국과 지옥에 관한 보고서』, 호세 카를로스 카네이로의 『책과 밤을 함께 주신 신의 아이러니 — 보르헤스 평전』, 애덤 펜스타인의 『빠블로 네루다』(공역), 호르헤 볼피 외 『눈을 뜨시오, 당신은 이미 죽었습니다』(공역), 후안 카를로스 오네티의 『아디오스』, 로베르토 볼라뇨의 『아메리카의 나치 문학』, 후안 룰포 외 『날 죽이지 말라고 말해 줘!』 등이 있다.

지은이 로베르토 볼라뇨 **옮긴이** 김현균 **발행인** 홍지웅 **발행처** 주식회사 열린책들 **주소** 경기도 파주시 교하읍 문발리 499-3 파주출판도시 **전화** 031-955-4000 **팩스** 031-955-4004 **홈페이지** www.openbooks.co.kr Copyright (C) 주식회사 열린책들, 2010, *Printed in Korea*. ISBN 978-89-329-1046-8 03870 **발행일** 2010년 5월 20일 초판 1쇄

이 도서의 국립중앙도서관 출판시도서목록(CIP)은 e-CIP 홈페이지(http://www.nl.go.kr/ecip)에서 이용하실 수 있습니다. (CIP제어번호: CIP2010001402)

로베르토 볼라뇨의 소설 근간

먼 별 연기로 하늘에 시를 쓰는 비행기 조종사이자 피노체트 치하 칠레의 살인 청부업자였던 카를로스 비더와 칠레의 암울한 나날에 관한 강렬한 이야기.

전화 통화 첫 번째 단편집. 시인, 작가, 탐정, 군인, 낙제한 학생, 러시아 여자 육상 선수, 미국의 전직 포르노 배우와 수수께끼 같은 인물들이 등장하는 14편의 이야기.

야만스러운 탐정들 〈라틴 아메리카의 노벨상〉이라 불리는 로물로 가예고스상 수상작. 현대의 두 돈키호테, 우울한 멕시코인 울리세스 리마와 불안한 칠레인 아르투로 벨라노가 만난 3개 대륙 8개 국가 15개 도시 40명의 화자가 들려주는 방대한 증언.

2666 볼라뇨의 최대 야심작이자 죽을 때까지 손에서 놓지 않은 일생의 역작. 5부에 걸쳐 80년이란 시간과 두 개 대륙, 3백 명의 희생자들을 두루 관통하는 묵시록적인 백과사전과 같은 소설.

므시외 팽 은퇴 후 조용히 살고 있던 피에르 팽. 멈추지 않는 딸꾹질로 입원한 페루 시인 세사르 바예호의 치료를 부탁받은 후 이상하게도 꿈같은 사건들이 일어나기 시작한다.

아이스링크 스페인 어느 해변 휴양지의 여름, 칠레의 작가 겸 사업가와 멕시코 출신 불법 노동자, 카탈루냐의 공무원 세 남자가 풀어놓는 세 가지 각기 다른 이야기.

살인 창녀들 두 번째 단편집. 세계 곳곳에서 방황하는 이들, 광기, 절망, 고독에 관한 13편의 이야기. 이 책에서 시는 폭력을 만나고, 포르노그래피는 종교를 만나며 축구는 흑마술을 만난다.

안트베르펜 볼라뇨의 무의식 세계와 비관적 서정성으로 들어가는 비밀스러운 서문과 같은 작품. 55편의 짧은 글과 한 편의 후기로 이루어진 실험적인 문학적 퍼즐이다.

참을 수 없는 가우초 5편의 단편과 2편의 에세이 모음집. 참을 수 없는 가우초, 불을 뱉는 사람, 비열한 경찰관 등에 관한 이야기와 문학과 용기에 관한 아이러니한 단상이 실려 있다.

제3제국 코스타브라바의 독일인 여행자와 수수께끼의 남미인 사이에 벌어지는 이야기. 〈제3제국〉은 전쟁 게임의 이름이다.